家族のうた

365日短歌入門シリーズ②

jiro kato
加藤治郎

JN257777

ふらんす堂

家族のうた＊目次

凡例

○本書は、平成二十年一月一日から十二月三十一日にわたり、ふらんす堂のホームページに掲載された「家族のうた」をまとめたものである。いくつかの誤記を訂正し、加筆・修正した。
○ルビに関しては、基本的に原作どおりとした。
○正漢字表記に関しては、読者の利便を考慮して一部を略漢字に置き換えた。ただし、昭和二十年以降の作品で、あえて正漢字表記を採用している作品に関しては、そのままとした。
○全体の構成を勘案して、記事の月日を初出時から一部入れ換えた。

家族のうた

一月

1日

父として幼き者は見上げ居りねがわくは金色《こんじき》の獅子とうつれよ

佐佐木幸綱

成熟へ向かう四十代の自分と、子どもの成長が重なる。自分は父であり、中年なのだ。それを引き受けて生きるほかない。金色の獅子とは過剰なまでに勇壮な父親像である。反時代的と言ってもよい。幼い息子が見上げているからこそ、父として金色の獅子を演じたいのである。照れたり怯んだりしてはならない。ふんばってその姿を貫くからこそ、獅子は輝くのである。

（『金色の獅子』平成元年刊行）

2日

とうさんはくたびれてきてかあさんをなぐる代わりに駅伝見てる

斉藤斎藤

父さんがいて、母さんがいる。二人の様子を見ている私がどこかにいる。父さんは母さんを殴って殴って、くたびれてきた。あるいは、日常にくたびれて、今日は母さんを殴る気力もないということか。いずれにしろ、この男にとって、妻を殴ることと寝転がって駅伝を見ることとは、だいたい同じなのである。テレビには延々と走り続ける駅伝の走者たちがいる。終わらない日常の暴力を思わせる映像だ。

（『渡辺のわたし』平成十六年刊行）

3日

ベッドの上にひとときパラソルを拡げつつ癒ゆる日あれな唯一人の為め　河野愛子

眩い光が感じられる。健やかな生命への希求が光源なのである。パラソルを拡げるイメージが、放たれた生命の像となっていることは言うまでもない。作者は、昭和十八年に結婚。終戦後、肺結核のため国立療養所に入院した。あと三年程の命と診断され、全身衰弱の様態で個室に移されたのである。「癒ゆる日あれな」は深い淵からの叫びであった。「唯一人」とは夫のことである。生の象徴的存在だったのである。

（『木の間の道』昭和三十年刊行）

4日

意識まだ戻らぬ妻に聴かさむと夜中に猫のこゑ録音す　桑原正紀

「妻が脳動脈瘤破裂で倒れた」と歌集の冒頭に記されている。妻は私学の校長。働き盛りの五十六歳であった。作者もまた教育者であり、勤務を終えると病院に駆けつける日々が続く。何とか意識が戻ってほしい。愛猫の声だったら妻に届くのではないかと思いつく。何というやさしさだろう。夜中に独り、レコーダーを手にして猫と向き合うのだ。温かさが滲んでくる。その姿は、愛の原型のようなものだ。

（『妻へ。千年待たむ』平成十九年刊行）

5日

ピアノの音《ね》本をよむ声子がものと暫時《しばし》聞きゐつ今は独りなり　宇都野　研

作者は小児科の医師である。歌集を読むと、子どもが六人いることが分かる。それぞれに部屋があるのだろうか。ピアノの音が響き、本を読む声が聞こえてくる。父として、子どもたちの成長を実感している。満ち足りた気持ちで聞いていたのである。幸せな家族があり、さらに、自分の部屋に独りいて自由な空間を楽しんでいるのか。実は、屋根裏の室なのである。

（『木群』昭和二年刊行）

6日

時代ことなる父と子なれば枯山に腰下ろし向ふ一つ山脈《やまなみ》に　土屋文明

土屋文明は、昭和二十年五月の空襲で焼失した東京の自宅を去り、群馬県吾妻郡の川戸の山村に疎開した。『山下水』は、終戦をはさむ約一年半の作品を収める。歴史的転回を迎えた時期の歌である。長男の夏実は、戦争が終り大学に通っていたが、久しぶりに家族のもとに帰った。父と息子は、冬枯れの山に腰を下ろす。山脈を見ながら直面する時代を語り合うのだ。新しい時代の父と子の価値観は自ずから異なる。時代、父と子、山脈という構図が壮麗である。

（『山下水』昭和二十三年刊行）

7日

消え残る雪かもしれぬうつし身は母より出でて母に還らず　築地正子

この世に生きている自分とは何者だろう。それは窮極の問いである。この歌では二つのことを語っている。自分は消えないで残っている雪かもしれない。儚いけれども消えることのない存在である。下句は絶対の事実である。人はひとたび生まれたならば、母に還ることはできない。改めてそう思うと寂しいことである。独り真っ直ぐその先の時間を歩いてゆくほかないのだ。人間の孤高な有りようを歌っている。

（『花綵列島』昭和五十四年刊行）

8日

じいわりと冷えくる朝《あした》夫のシャツはおれば重し他人の生は　江戸雪

「他人」の一語に衝撃を受ける。夫は他人か。そうなのだろう。これまでにも、夫は他人という作品はあったに違いない。しかし、この歌は新鮮だ。さらりとした感触によるのだろう。夫への嫌悪感は微塵もない。嫌いならシャツを羽織るわけがない。夫を支えて生きることの重みを噛みしめているのだ。それにしても、早朝、男物のシャツを羽織る姿は、クールではないか。「え、他人とちゃうの？」という声が聞こえてくる。

（『百合オイル』平成九年刊行）

9日

焼き肉とグラタンが好きという少女よ私はあなたのお父さんが好き　俵　万智

どんな状況か分からないが、恋人の娘に会ったのである。「まざまざと君のまなざし受け継げる娘という名の生き物に会う」と歌う。会話を交わしているわけだから、偶然出会ったのではないだろう。恋人である父親が承知しているのだ。大らかといえうか、残酷と言えば残酷だ。少女は無邪気である。無防備だ。女性の方は切羽詰まっている。下句は絶叫と言ってよい。この擦れ違いが愛の現実なのである。

（『チョコレート革命』平成九年刊行）

10日

夕方のうす暗がりの厨辺で母に呼ばれてふりむきにけり　長沢美津

何の変哲もない日常の一場面が作品として成立する。それが短歌の醍醐味である。上句は細やかな描写である。そして、下句のきびきびした韻律が心地よいのである。ハの音が主調であることも分かる。歌集では「出寮」という一連の後にこの歌を含む「ふるさと住み」がある。大学を卒業して故郷に帰ったのだ。また共に暮らし始めた母と娘のささやかな喜びがある。作者は戦後の女流の一拠点となった「女人短歌」の中心的存在だった。

（『氾青』昭和四年刊行）

11日

うっすらと色の褪せたる病衣干す　せつなしわれと子規の妹　杉森多佳子

病の夫と子規、自分と妹の律を重ねる。色の褪せた病衣は、入院期間の長さを暗示する。あるいは病院貸与のものであれば、長く使われた病衣であるから、なおさら重苦しい気持ちになるだろう。この即物性によって「せつなし」という心情吐露が生きてくる。妹の献身的な看護にもかかわらず、子規は「律ハ理窟ヅメノ女也同感同情ノ無キ木石ノ如キ女也」（『仰臥漫録』）と記した。これでは「やってられない」だろう。

（『忍冬《ハネーサックル》』平成十九年刊行）

12日

いつも馬にまたがる気分熱の子を荷台に乗せて走るときには　前田康子

どの家族にもあるような経験だが、ここまで肉迫した歌はなかった。馬にまたがる母。西部劇か、時代劇か。そうではないが、これは出陣の気分なのである。いざ。自転車の荷台に子どもを乗せて、一心不乱に病院に向かう。なんという強さだ。母の勇猛ともいえる愛情を子どもは覚えているだろうか。それは一度や二度のことではない。お前が病気のとき面倒を見てくれるのはお母さんなんだよ。

（『色水』平成十八年刊行）

13日

夜明けしばし吾のベッドに入りて添うこころのことも目守るままなる　近藤芳美

甘美な歌である。作者七十歳の作品。老年の夫婦である。二人に子どもはいない。歌集を読んでゆくと妻が催眠剤に頼っている状況が分かる。催眠剤を使っても眠れないのである。甘美なイメージを湛えているが、実は、苦渋に満ちた歌なのである。夜明けになって妻は、夫のベッドに入ってくる。しずかに身を寄せるのだ。そんな妻に優しい言葉をかけることもない。ただ、ひっそりと二人の時間が過ぎてゆく。

（『祈念に』昭和六十年刊行）

14日

煤、雪にまじりて降れりわれら生きわれらに似たる子をのこすのみ　塚本邦雄

塚本邦雄は「架空の父母兄弟姉妹が出没跳梁し、時間も空間もすべて想像の産物」（『定本塚本邦雄湊合歌集』）と言い切った。塚本は、作中の〈私〉が作者であり、歌われている内容は事実であるという近代短歌のドグマを打ち壊したのである。塚本にとって〈家族〉は最大の標的であった。煤に汚れた雪が遍く降っている。このネガティブなイメージが下句を覆う。受け継がれる生への絶望的な思いがある。「われらに似たる」が痛烈だ。

（『装飾樂句《カデンツァ》』昭和三十一年刊行）

15日

「生活といふはおもしろし」答ふれば受話器のむかうの父母のひそけさ　米川千嘉子

結婚して間もない頃の歌である。父母が心配して電話をかけてきたのか。「どうしているの？」というふうに。娘は答える。口語で言えば「生活ってけっこうおもしろいよ」という感じだ。確かに結婚とは生活そのものである。恋愛に生活はない。そう答える娘に、父母はひっそりとしている。元気そうな娘に安堵しているのだろうか。あるいは娘の無邪気さを危ぶんでいるのか。生活は泥沼であることを知っているから。

（『夏空の櫂』昭和六十三年刊行）

16日

半開きのドアのむかうにいま一つ鎖《さ》されし扉《と》あり夫と暮らせり　栗木京子

日本の家屋が襖からドアに移行したとき、日本の家族の有りようも変わったのだろう。ドアは内と外を作り出す。そういう意味では窓と似ているが、ドアは出入りする境界である点が違う。夫と妻、それぞれ部屋がある。半開きのドアの向こうに夫の部屋が見える。ドアは鎖されている。そこには心理的な扉もあるのだ。夫と暮らすとはどういうことか。妻は自問自答するのである。（『水惑星』昭和五十九年刊行）

17日

ぬぐのぬぐの呪文のように唱えては紙パンツぬがせる朝の儀式ぞ　後藤由紀恵

初めてこの歌を読む人にとって、手がかりになるのは「紙パンツ」である。使い捨てなのだ。紙パンツを利用するのは、乳幼児、高齢者、病人など様々である。この歌は、アルツハイマー型認知症の祖母の面倒を見る二十代の孫という現実を提示している。儀式であるからには毎朝のことなのだ。「ぬぐのぬぐの」を呪文のように思い、耐えている。祖母の生を見つめる作者がいる。

（『冷えゆく耳』平成十六年刊行）

18日

百年を歩み来たりて棒杭のごとさらばえし向股《むかもも》撫ずる　久々湊盈子

歌集のあとがきには、この義理の父は一九〇〇年の生まれだと記されている。同居して十五年。夫と三人の暮らしだという。ずっしり重い。百年というのは誇張ではないのだ。やせ衰えたといっても、棒杭という比喩には力強さを感じる。義父は両方の股を撫でている。ここには自らを労り、そしてこれからも歩いて行くんだという生への意欲が感じられるではないか。私は畏敬の念をもって見守っている。

（『あらばしり』平成十二年刊行）

19日

寝《い》ねがてにわれ烟草すふ烟草すふ少女《をとめ》は最早《もはや》眠りゐるらむ　斎藤茂吉

大正元年の作。この少女は「をさな妻」てる子である。明治三十八年、茂吉は斎藤紀一の婿養子として入籍した。この年、茂吉は二十三歳。てる子は十歳。結婚は大正三年だ。上京して斎藤家に入った年からずっと将来の妻と一緒に暮らしたわけである。青年茂吉の性的な抑圧は並大抵ではない。「早く抱け」「抱かれてくれ」と茂吉の妄想は、はちきれんばかりだ。「烟草すふ」の繰り返しに震える。

（『赤光』大正二年刊行）

20日

ゴルフの球芝に散らして居る父に母の眠りを言いながら寄る　岡井隆

父と母と息子の短いドラマである。自伝によると、母は不眠だった。「母さん、やっと眠ったよ」と父に言ったのだろう。ゴルフをやっているから朝か昼だ。夜に眠られない母の様子が伝わってくる。ここは自宅の庭の芝生なのだ。「散らして」だからパットの練習である。戦後の優雅な父親像ではないか。そして不眠の母には冷ややかであることが暗示されている。母の側にいた息子が近づく。微妙な緊張が走る。

（『斉唱』昭和三十一年刊行）

21日

病む舅《ちち》の傍《かたへ》にながくゐるわれを呼ぶごとくわが父も病み初《そ》む　小島ゆかり

結婚する。両家の繋がりができる。男性が「ぼくには二人の母がいる」と言うとき、それは幾分甘やかである。愛が広がる。女性が「私には二人の父がいます」と言うとき、それは幾分苦いものかもしれない。愛が重なる。若い作者は舅の看病をする日々である。そんな折、自分の父も病気になる。二人の父が引き合う。「呼ぶごとく」という比喩に情念がうねる。ああ、父が呼んでいる。愛は重い。

(『水陽炎』昭和六十二年刊行)

22日

共に死なむと言ふ夫を宥め帰しやる冷たきわれと醒めて思ふや　大西民子

大西民子の代表作は「かたはらにおく幻の椅子一つあくがれて待つ夜もなし今は」である。穏やかな哀しみを湛えた秀歌だ。歌集では、もっと生々しい夫婦の葛藤が目を引く。夫は別の女性と暮らしているが、二年ぶりに家に帰ってきた。一緒に死のうという。酔っているのだ。そういう夫を宥め、帰してやる。別の女性のもとに。何という状況だろう。夫は冷たい女と思うだろうか。結句にかすかな愛と哀しみが滲む。

(『まぼろしの椅子』昭和三十一年刊行)

23日

家族で、と招待さるることもあり家族とはげに面映ゆきことば　さいかち真

家族とは何だ。なぜ、家族なんだ。家族を巡る状況は厳しい。家族の崩壊は珍しいことではない。この歌には、家族という有りようへの夢が語られている。この照れくさい感じは男のものだ。家族という言葉に少し馴染めないようなニュアンスもある。が、ああ俺も家族を持ったんだなという満足感を読みとっていいだろう。そして、招待する側にも家族があるのだ。そんな繋がりも感じているのだろう。

（『裸の日曜日』平成十四年刊行）

24日

今すぐにキャラメルコーン買ってきて／そうじゃなければ妻と別れて　佐藤真由美

当たり前のことではあるが、家族の問題は、家族の内部では完結しない。上句を読むと、少しわがままで甘えた感じの女の子が浮かんでくる。ところが、下句を読んで愕然とする。包丁でも飛んできそうな切羽詰まった場面だったのである。そうすると「キャラメルコーン」は目茶苦茶であり、可愛くてまた切ない。このシーン、深夜の女性の部屋だと読んでみたい。男はあたふたとコンビニに向かったに違いない。

（『プライベート』平成十四年刊行）

25日

かすがいになれなかった子もいつの日か父となる日を夢に見ている　松村正直

離婚した親が、自分の結婚式に出席する。そういう場面である。歌集では「こうやって家族四人が揃うのは十二年ぶり（きっと最後だ）」とも歌われている。かつての家族の再会と、新しい家族の門出が交差する。未来に向かって歩いて行くことで、過去への思いに決着がつく日であった。自分が両親を繋ぎ止められなかったのだと思う。両親を許したのである。許すことで未来を手に入れたのだ。眩い歌である。

（『駅へ』平成十三年刊行）

26日

岩かげの光る潮より風は吹き幽《かす》かに聞けば新妻《にひづま》のこゑ　中村憲吉

「磯の光」一連より。新婚旅行の歌である。舞台は、福山の仙酔島。景勝地である。「わたつ海《み》の後《うしろ》の岩のかげにして妻に言らせ《の》る母のこゑすも」という歌もあり、母と妻との三人の旅であることが分かる。今のハネムーンとは、いささか雰囲気が異なるが、妻と母が睦まじいのはよいことである。潮風にまぎれて幽かな声がする。それは新妻の声だったのである。眩い海光のなか至福の時を噛みしめる。

（『林泉集』大正五年刊行）

27日

霜やけの小さき手して蜜柑むくわが子しのばゆ風の寒きに　落合直文

霜やけが妙に新鮮である。最近、手や足が赤くはれて痒がる子どもは余り見かけなくなった。子どもは一年じゅう蒼白い。さて、この歌には（安房にて）という詁がある。直文は糖尿病に罹り、家を離れ療養していたのである。風が冷たい。そういうとき、家に残してきた幼い子どもがしのばれるのだ。きっと霜やけの小さい手で蜜柑をむいていることだろう。かつての日本の典型的な冬の情景である。

（『萩之家歌集』明治三十九年刊行）

28日

たはむれに母《はは》を背負《せお》ひて／そのあまり軽《かろ》きに泣《な》きて／三歩《さんぽ》あゆまず　石川啄木

近代短歌、というより日本人の心を代表する歌である。この歌は、母や家族を北海道に残し、単身上京したときのもの。だから、母を背負ったのは虚構か回想だというのが通説である。もっとも歌集では、この歌の前に「燈影《ほかげ》なき室《しつ》に我《われ》あり／父《ちち》と母《はは》／壁《かべ》のなかより杖《つゑ》つきて出《い》づ」がある。独り棲む東京の部屋である。そうすると、壁から出てきた幻の母を背負ってみたのだというふうに読めるのである。

（『一握の砂』明治四十三年刊行）

29日

おとといは／ばあちゃんちの台所で／あのひとが／いなりずしつくる／ゆめをみた　今橋　愛

懐かしくて、どこかちぐはぐな光景だ。夢とはそんなものである。ばあちゃんち、いなりずし。家族のやさしさがじわっと滲んでいる。自分の故郷のイメージの中に恋人が現れたのである。ばあちゃんは、もういないのかもしれない。で、代わりに彼が台所に立っているのだ。親兄弟も見えてこない。つまり、家族は不在なのである。だから、どことなく寂しい感じがするのだ。

（『O脚の膝』平成十五年刊行）

30日

弟を如何に殺すか思案せし日々を思いぬ栗をむきむき　花山周子

何と言ったらよいか。どこか漫画っぽい感じもする。作者は二十代。一応、十代の頃の回想としよう。弟を殺害する方法を思案していたのである。一瞬、殺意がよぎったというのではない。殺害は決定事項。後は、如何に殺すか、だ。日々というのも凄い。首を絞めるか。包丁で刺すか。日々思いを巡らせていたのである。これは悪の告白ではない。甘栗を剝きながら懐かしく思い出しているのである。

（『屋上の人屋上の鳥』平成十九年刊行）

31日

頒《わ》けたもうルルドの水の透く水を父に携う希《ねが》いを持ちて　田井安曇

ルルドは、南フランスのピレネー山脈の麓の町である。一八五八年、聖母マリアが現れたと伝えられている。そこに湧き出た泉の水で病人が奇跡的に治ったという。作者の父はクリスチャンであり、作者も幼児洗礼を受けている。父の病の快癒を願い、ルルドの水を携えて行く。上句の韻律が清朗で、水の眩さが目に見えるようだ。その眩さは祈りそのものである。信仰が繋ぐ父と子の有りようが歌われている。

（『父、信濃』昭和六十年刊行）

二月

1日

言ひかけて開きし唇の濡れをれば今しばしわれを娶らずにゐよ　河野裕子

瑞々しい歌である。言いかけたのは愛の言葉でなければならない。恋人の唇は、少年のように幼く、獣のように率直である。結句は力強い。幸せを確信しているのだ。河野裕子は、昭和二十一年生まれ。団塊の世代の一つ上だが、それまでの家父長的な価値観を持つ世代とは異なる自由な生き方が見てとれる。ニューファミリーとも呼ばれたが、それは現在に繋がる家族像の原点であった。

（『森のやうに獣のやうに』昭和四十七年刊行）

2日

受話器の奥に子を宥めゐる声もせり「よみきかせ」白湯のやうなるひびき　横山未来子

友人と電話をしている。多分、幼い子どもが泣いているのだろう。誰かが「よしよし」などと言って子どもを宥めている。友人の夫がそうしているのかもしれない。ママはお喋りに夢中だ。友人と話しながら、作者はその向こうにいる家族の様子を思い浮かべている。友人の話は読み聞かせに及ぶ。絵本を子どもに読んでやる濃密な母子像である。「よみきかせ」は透明な響きに感じられた。それは微妙に遠いものだったのである。

（『水をひらく手』平成十五年刊行）

3日

水茎の岡アキヨはもうち日さす宮野アキヨとなりにけるかも　宮野友和

「長い間、私の中に歌人は茂吉しかいなかった」という作者である。「なりにけるかも」は擬古的というより、斎藤茂吉の模写なのだ。「水茎の」「うち日さす」は、いずれも枕詞で、それぞれ「岡」と「宮」にかかる。ここから人名に繋げるところが現代的な用法である。枕詞ではあるが、ぼんやりと万葉集の風景が見えてくる。人名が風景に溶け込んでゆく。様式に添うことで、自らの結婚を祝ったのである。

（『バラッド』平成十八年刊行）

4日

胎壁に胎児のわれは唇《くち》をつけ母の血吸ひしと渇きて思ふ　春日井　建

母子健康手帳は、妊娠の時点で渡される。母と子の関係が始まるのだ。男性には少し遠い世界である。未来の母は、大きくなったお腹を撫でながら、健やかな赤ん坊の生誕を夢みるのだ。平穏な日々である。果たしてそうだろうか。この歌は、胎児の凶暴とも言える姿を顕わにした。母の血を吸う。それは窮極の愛の形であった。だから「渇きて思ふ」のである。残酷で優しい抒情に魅了される。

（『未青年』昭和三十五年刊行）

5日

親しからぬ父と子にして過ぎて来ぬ白き胸毛《むなげ》を今日は手《た》ふれぬ　土屋文明

「父なほ病む」一連より。父は死病に罹っている。暗澹とした気持ちになる歌である。父を憎むというのであれば、それは満たされぬ愛情が根っこにあるから分かる。だいたい父と子を親しい、親しくないというように捉えるものだろうか。いや、それが現実なのである。文明はそういう現実を読者に突きつけるのだ。病む父の胸を撫でたのだろう。「白き胸毛」が悽愴である。結句にほのかな優しさがある。これもまた文明なのである。

（『往還集』昭和五年刊行）

6日

姉の赤い唇からしずかに昇りゆく婦人体温計の水銀　野樹かずみ

朝、枕元に婦人体温計が置いてある。寝たままそれをくわえる。そんなシーンだろう。妹は、姉の様子を傍らで見ている。幼い妹だと読んでみたい。基礎体温という女性の生のサイクルに姉はいるわけだが、この歌はエロティックである。赤い唇と水銀という色彩の照応が凄まじい。唇というエロスの尖端と水銀の毒性が絡み合う。それが「しずかに昇りゆく」のだ。ひえびえとエロスが高まってゆく。目を見張る妹がいる。

（『路程記』平成十八年刊行）

7日

父よ父よけふの散歩の道赤く塗りつぶす地図なんか見せるな　荻原裕幸

父のことが分かり始めるのは何歳ぐらいだろう。四十歳前後というところか。自分が父親になって息子との葛藤が始まったとき、漸く父が理解できるようになる。二十代の青年にとって、初老にさしかかった父はおよそ弱者であろう。この歌は、定年退職後の父を思わせる。時間を持て余し、かつての勤勉さだけが残っている父。赤く塗りつぶされてゆく地図は異様である。それを得意げに息子に見せるのだ。堪らない。

（『青年霊歌』昭和六十三年刊行）

8日

新しき母からもらうセロファンの赤や黄色で包んだラムネ　田中槐

いずれ家族は、ばらばらになる。子どもが去ってゆくこともあれば、親が去ってゆくこともある。それだけのこと。そして、空いた席があれば、そこを誰かが埋めることもある。母が家を出て、新しい母がやって来る。ラムネをもらう子どもはまだ幼い。赤や黄は遊園地のように華やかであり、また、毒々しい。セロファンをほぐす音は幾分耳障りだろう。新しい母への微妙な思いが伝わってくる。

（『退屈な器』平成十五年刊行）

9日

〈父ごろし〉〈母ごろし〉子は夢にみて大方父や母になるなり　藤室苑子

丸山薫の「オトウサンヲキリコロセ　オカアサンヲキリコロセ」という詩の一節を思い出した。父親殺しも母親殺しも、現実の風景になっている。「心の闇」という言葉で説明できるとは思わない。夢にみているうちは幸いである。いずれは父や母になって子どもの頃の夢想は、霧散するのだ。この歌「大方」に味がある。そうならない幾人かの哀しみが暗示されている。

（『まばたきのへる』平成六年刊行）

10日

トイレットの鍵こわれたる一日を母、父、姉とともに過ごせり　大滝和子

何となく落ち着かない一日だ。トイレの鍵が壊れたからといって、長年同居している家族である。皆、大人だ。どうということはない。しかし、漠然とした不安を感じる。壊れた鍵から何かが広がってゆくようである。とめどなく壊れてゆく予感もする。おそらく、家族四人一緒に住んでいることは普段あまり意識されないのだろう。トイレの鍵が壊れて、初めて家族の存在が思われたのだ。

（『人類のヴァイオリン』平成十二年刊行）

11日

たのしみはまれに魚烹《に》て児等《こら》皆がうましうましといひて食《く》ふ時　橘　曙覧

「独楽吟」五十二首より。「たのしみは～時」という形式で統一された連作である。煮た魚を子どもたちがおいしいと言って食べる。家族の笑顔が見えるようだ。日々のささやかな喜びに大きな満足を見出している。橘曙覧は、江戸末期の国学者・歌人。正岡子規は「曙覧の歌想豊富なるは単調なる万葉の及ぶ所にあらず」と高く評価した。暮らしの中から採取されたモチーフの拡がりが、和歌の因習を打ち破ってゆく。

（『志濃夫廼舎《しのぶのや》歌集』明治十一年刊行）

12日

明け方を待たず静かに燃え尽きぬ一家心中未遂の車　佐藤理江

夜中に燃えている自動車。暗闇の中の炎は美しい。次第に炎は細くなり、やがて燃え尽きた。夜明けは遠かったか。映像としては鮮やかで、モチーフも明らかである。容赦なく家族を押し潰す現代の像が迫真的だ。が、不思議な歌である。作中の私は、何処に立っていたのか。燃えさかる自動車の傍らで一部始終を見ていたのだ。そういう視線で歌われている。そして、心中を図った家族は何処に行ってしまったのだろう。

（『箱船』平成十七年刊行）

13日

少女のようなお前が離婚するのか老いたる父がひとこと言いぬ　道浦母都子

『無援の抒情』は、一九六〇年代後半の全共闘運動を世代の追憶として歌い上げた歌集である。父は、闘争に加わった娘の姿を見てきた。逮捕され釈放された娘の頬を打った父である。そういう娘に、さらに辛い人生が待っていたのである。離婚。「少女のような」が哀切である。あまりに若く、早い別れであった。父にはかつて頬を打ったときの怒りも激しさもない。「ひとこと」がひどく寂しい。

（『無援の抒情』昭和五十五年刊行）

14日

青インクににじんでしまいたる文字もそのままに出す家族通信　笹岡理絵

家族通信って何だろう。家族のために作った小さな新聞を思い浮かべる。家族旅行や卒業式といった思い出をぎゅっと詰めた新聞。最近ではホームページに載せたりもするだろう。この歌では、青インクというから、手書きの文字である。万年筆など滅多に使わないから思いがけず滲んだのである。そうか。これは、家族に宛てた手紙なのだ。多分、故郷を離れて一人、都会に住んでいる。真心のこもった文字なのである。

（『イミテイト』平成十四年刊行）

15日

父はこれで終わっていくらしい　山形の叔父が祖母を引き取ると言った　千葉　聡

父はICUに運ばれて、眠っている。昏睡と言うべきか。父は六十一歳。作者には弟がいる。歌集を読んでいくとそんなことが分かってくる。作者は横浜在住である。山形という地名が重々しくのしかかってくる。緊迫した事態であることが伝わってくるのだ。祖母を引き取るという申し出を私は受けとめる。父の死へ向かう時間の流れが止められないのだ。

（『そこにある光と傷と忘れもの』平成十五年刊行）

16日

グレゴリオ聖歌のやうなわが弁に受話器おろさる雷《いかづち》のごと　山田富士郎

この歌、受話器の相手が誰かは分からない。取引先のクレーム対応の場面ともとれるが、それでは詰まらない。相手は妻でなければならぬ。夫は言い訳をしている。その話しぶりがグレゴリオ聖歌のように清らかであるからこそ、空々しい。といっても夫の額には冷や汗が滲んでいる。妻は激怒。それにしても、言い訳をするのは、おおよそ男性である。不思議だ。

（『アビー・ロードを夢みて』平成二年刊行）

17日

出張先の妻と電話で言ひ合へる「こんばんは」とは未婚のひびき

大松達知

あなたなら妻と電話で話すとき、なんて切り出しますか？「もしもし、あ、俺」って感じじゃないかな。作者は英語の教師である。妻も働いているのだ。出張があるというのは、責任のある立場なのだろう。それぞれ仕事を終えてくつろいでいるころである。電話をするタイミングもよく分かっている。「こんばんは」「こんばんは」と声を交わす。甘やかな風がすーっと流れるようだ。恋人だったころの気分が甦る。

（『スクールナイト』平成十七年刊行）

18日

さやさやと家族まもれる妹を肉袋とし夢に吊るしき

阿木津 英

一九八〇年代、短歌界ではフェミニズムが大きな潮流となった。女性歌人が生き生きと発言した時代だった。阿木津英は、その中心的存在。阿木津は、結婚・出産・育児という女性の生の有りようを揺さぶったのである。この歌は強烈である。家族を守る妹は、典型的な日本の女性なのである。肉袋とは、ずたずたに引き裂かれた産む性の暗喩だ。それを吊すのだから、この疑念の熱量は凄まじい。

（『天の鴉片』昭和五十八年刊行）

19日

はかなきを夢ぞといへどおんこゑの耳にのこるも母のなさけか　金子薫園

歌集『かたわれ月』に、落合直文が序文を寄せている。師である直文に歌集上梓の許しを得るため、夜更け、薫園が訪れたことが記されている。懐かしく、また温かいエピソードだ。歌集には亡き母を思う歌が多く詠まれている。引用歌には「夢亡母」という詿がある。母を夢に見た。覚めてみれば、夢は儚い。しかし、母の声は今も耳に残っている。母の愛が滅びることはない。

（『かたわれ月』明治三十四年刊行）

20日

家ごとに流行りの言葉ありにけり呪文のようにかいくるかいくる　永田紅

「淳、裕子ちゃん、櫂来る」という詞書きがある。兄とお嫁さん、赤ん坊である。流行語は、テレビやネットにばかりあるものではない。家の中だけで流行る言葉がある。そして、それはどの家にもあるんだよという。家族の温もりを感じる。「かいくるかいくる」とは両手をぐるぐる回す遊びのことではない。「櫂来る、櫂来る」だ。赤ん坊がやって来た喜びが弾ける。「かいくるかいくる」と唱えると姿を現すのかも。

（『北部キャンパスの日々』平成十四年刊行）

21日

夕闇が硬いんですよちちのみの父の言葉に弱りてゆくも　勝野かおり

夕暮れから夕闇へ。空の紺色が深まってゆく。なるほど、硬いという感じは分かる。この歌は、口語から入っていきなり枕詞に出くわす。「ちちのみの」は、音の連鎖で父にかかる枕詞である。ここには、生々しい父の言葉があったはずだが、それが濾過され、普遍的な父に近づいている。父の言葉は、具体的には分からないが、娘への叱責のようなものだろう。夕闇の感触と、心が弱ってゆく様がかすかに繋がっている。

（『Br臭素』平成十三年刊行）

22日

死ぬ力とうになければ丸ごとの三十八キロ父の身洗う　佐藤孝子

娘に介護される父は幸せなのだろう。娘の幼年の日々を思い出したりすることもあろう。もはや父の威厳などない。それは寂しくもあるが、安らいだ時間を思うのである。父の思いは甘いのかもしれない。娘はもっと強いのである。この歌は凄い。父の幻想など木っ端微塵である。死ぬ力もないと見据えられては、もうお手上げである。無力の父は赤子のように丸ごと洗われるのだ。そして、やはり父は幸せなのである。

（『助手席のひと』平成十九年刊行）

23日

「味噌汁がうまくなったね」そう、やっと二人の味が出来たんだもの　伊東よしみ

あ、この感じ『サラダ記念日』だな、とピンとくる読者は多いと思う。こういう口語の軽やかさが短歌に定着したと言った方がよいかもしれない。歌集『旭川発』では、北海道に住む〈私〉が東京の彼との恋愛を成就してゆく日々が歌われている。二人は札幌の歌会で出逢ったのだ。この歌は、歌集のクライマックスにある。家族の始まりである。味噌汁に二人の味を見出すところ、大人だなあと思うのである。

（『旭川発』平成十六年刊行）

24日

同居してゐても夫を探しをり夫は押し入れに我を発見す　大口玲子

夫がいないかもしれない。そういう不安を感じている。この場合、同居という意味合いが微妙にずれている。夫は、おおよそ仕事で出かけているのだ。家にいるか、いないかである。たぶん、出かけていることが分かっていても、夫を探しているのだろう。つまり、根源的な不在感に苛まれているのだ。自分は、いつのまにか、押し入れに閉じ籠もっていた。自分自身が不在となったのである。

（『ひたかみ』平成十七年刊行）

25日

ゆくすゑをあやぶみたまふひとふたり吾れはかたじけなくて茶を飲む　紀野　恵

紀野恵は徳島生まれ。早稲田大学の学生だったころに詠まれた歌である。現実の生活は、あまり作品に反映されない歌人であるが、この歌は、帰省した娘が両親の前にいる場面と思うとよい。「これからどうするの?」「好きな人はいるの?」そんなことを親は心配するものだ。遠く離れて暮らす娘であればなおさらである。「かたじけなくて」と言いながら、お茶を飲むあたり、ちょっと惚けた味わいがある。

(『閑閑集』昭和六十一年刊行)

26日

さむきわがことばより鳥のことばもて語りたきかな父への愛は　伊藤一彦

男にとって最大の難問である。父への愛とは。何とも居心地が悪く、全くもって言葉がない。それは、父もそうであった。父が祖父への愛を語る場面など想像もできない。これは日本人の精神性に根差すものなのだろうか。この歌のとりわけ下句の真っ直ぐな思いは眩しい。もちろん手放しではない。自分の寒い言葉では届かないという省察がある。鳥の言葉とは天上的なものだ。人為を超えた自然の中で冴している。

(『瞑鳥記』昭和四十九年刊行)

27日

乳首に激しき痛み覚えたる夜に透明な子の歯を見たり　早川志織

乳首はチチクビと読むと、ちょうど三十一音になる。チクビとして初句四音で読むのも悪くない。それにしても、驚異の世界である。男の知らない領域に、母子の野性は息づいていた。いつのまにか子に歯が生えていて、乳首を噛んだのである。無垢であり、凶暴ですらある。もちろん母は、生えてきた透けるような歯を見て喜んだのである。素晴らしきかな、母よ、子よ。

（『クルミの中』平成十六年刊行）

28日

ムスメと妻あかき月見ずに寝て過ごすそれはそれでよし蝕《しょく》進む月　奥村晃作

お父さんの歌である。お父さんは、家族でいっしょに月蝕を見たかったのだ。「ほら」とか言ったりして。おおよそこういうイメージを描くのはお父さんである。で、だいたいそうはならない。みんな寝ている。「それはそれでよし」に静かな怒りが感じられる。吐いて捨てるような語気である。で、歌集を読むと、月蝕は午前三時十三分に始まったことが分かる。お父さん、そりゃあいくらなんでも無理ですよ。

（『鴇色の足』昭和六十三年刊行）

29日

転勤と聞いて開かるる子らの目の父さんひとりと言へば静まる　小林信也

転勤の内示。住居の移動を伴う場合は、おおよそ一ヶ月前だろう。家族で引っ越すか、単身赴任か。まずは決めなければならない。転勤は家族の生活の根本を揺るがす。子どもにとっても一大事だ。学校も友人との関係も一変する。だから、転勤と聞いて子どもたちは戦く。父は直ぐさま、単身赴任であることを告げる。子どもたちは安堵するのだ。「静まる」の一語が苦い。心理描写の冴えた一首。

（『千里丘陵』平成十五年刊行）

三月

1日

一面の鏡を持ちて来よといふ喉切りし命われと見むため　馬場あき子

このとき、作者の父は九十歳。癌のため喉の切開手術を受けた。幼いとき母と死別した作者にとって父はかけがえのない存在であった。術後で声もでないはずだ。父は娘に鏡を持ってくるよう身振りで指示したのだろう。あるいは声を振り絞ったのか。血まみれの喉を自分の眼で見るのだ。娘は、明治の男の凄まじいまでの強さを目の当たりにした。父と娘は、ともに命を見定めるのである。

（『阿古父』平成五年刊行）

2日

せつなしとミスター・スリム喫《す》ふ真昼夫は働き子は学びをり　栗木京子

時代の空気を感じさせる歌である。一九八〇年代後半のバブル期。豊かさの中の空虚感が皮膚感覚で伝わってくる。下句、実に抑制されている。夫も子もやるべきことをやっている。妻としても母としても不満はない。自分は家にいるだけだ。切ない。「ミスター・スリム」は煙草の銘柄だが、スリムな男性を暗示しているのだろう。が、恋に奔ることもない。真綿のような空虚に包まれている。

（『中庭《パティオ》』平成二年刊行）

3日

不運つづく隣家がこよひ窓あけて眞緋《まひ》なまなまと耀《て》る雛の段　塚本邦雄

雛祭りは、女の子の健やかな成長を願う行事。最近、段飾りは余り見られなくなったが、これは日本の住宅事情によるものだろう。この歌、歌集の表題どおり日本的かつ痛ましい情景である。わざわざ窓を開けて、段飾りを誇示する隣家。不運を打ち払うつもりだろうか。それにしても、この緋色は艶めかしく、何やら不吉な感じすらする。凶行の現場を見ているような錯覚に陥るのだ。

（『日本人靈歌』昭和三十三年刊行）

4日

父子といふあやしき我等ふたり居て焼酎酌むそのつめたき酔ひ　林　和清

なるほど、こういうことだったのかと納得してしまう。「あやしき」には異様なというニュアンスを読んでみたいが、もともと多義的である。それ自体、父と子の複雑さを言い当てているのだ。父子と言い、我等と言い、ふたりと念を押す。なにか居心地が悪いという感じが伝わってくる。焼酎を酌み交わしても、酔いに任せることはできない。芯は醒めているのだ。

（『ゆるがるれ』平成三年刊行）

5日

真夜中に虹の脚見て来たりしがとても家内には告げられぬ　菊池　裕

『アンダーグラウンド』は、都市及びそこに棲息するヒトを徹底的に露出させた歌集である。虹の脚をメタファーと解釈することも可能だ。魅惑的な女性の脚ということ、ありきたりだ。ここでは虹の脚そのものとして読みたい。真夜中だから人工的な虹ということになる。なぜ、とても妻には言えないのか。常日頃、家に閉じ籠もっている妻である。自分だけがこんな美しいものを見たという愉楽は言うわけにはいかない。

（『アンダーグラウンド』平成十六年刊行）

6日

疑問符で「あんた誰だ?」と言う母は自分も家も解らぬらしき　安森敏隆

作者の義母は介護保険制度の「要介護5」という最も重い状態である。その母を自宅で介護する。家族全員の力によってだ。母の永眠に到るまでの日々を夫と妻二人で歌い続けた。それが歌集にまとめられたのである。介護する者にとって「あんた誰だ?」という言葉は辛い。それを受けとめ、包み込むのは、愛であるとしか言いようがない。下句の穏やかな韻律に愛が滲んでいる。

（『介護うたあわせ　介護・女と男の25章』平成十四年刊行）

3月

7日

おうどんを一筋一筋すう母は躰を流れる血にあわすごと　安森淑子

作者は、母の介護の日々の気持ちがいつの間にか短歌になっていったという。短歌によって「哀しい気持ちが昇華され、生きることへの喜びと変えられ、母を介護するための元気ともなっていきました」と歌集のあとがきに記されている。一筋のうどんを吸う。母の口にゆっくり吸いこまれてゆくのだ。それが血の流れと響き合う。まさに生命の営みなのである。生きることの尊さが眼前にある。

（『介護うたあわせ　介護・女と男の25章』平成十四年刊行）

8日

産み終えて仁王のごとき妻の顔うちのめされて吾はありたり　大島史洋

それは初めて見た妻の顔であった。顔の筋肉が鋭く歪んで、火照っている。「仁王のごとき」とは半ばユーモラスであるが、作者は真面目に、リアルに表現したのだろう。「うちのめされて」が、また率直である。出産に立ち会った男性の殆どはそうなるのではないか。男の中の何かが吹っ飛ぶのである。こういう現場を歌う。現在に続く新しい夫婦の有りようを示している。

（『わが心の帆』昭和五十一年刊行）

9日

的大き兄のミットに投げこみし健康印の軟球《ボール》はいずこ　小高　賢

健康ボールは、昭和十年代から二十年代にかけて使われた。耐久性に優れたボールである。作者は、昭和十九年生まれ。この歌は、幼年期の回想ということになる。兄はキャッチャーだ。的が大きいというところ、兄に寄せる信頼が感じられる。「投げこみし」には弟の一途な姿がある。戦後の清朗な兄弟像が浮かんでくる。「健康印の軟球《ボール》」は、戦後の澄み切った日本の青空を思わせる。その行方を問いかけているのだ。

（『耳の伝説』昭和五十九年刊行）

10日

父の手をにぎりし記憶あらざるにかすかなる力ににぎりかえさる　玉井清弘

病床の父であろう。そして、おそらく死の迫った父なのであろう。思えば、物心ついてから、父の手を握った記憶はない。おおよそ父と子はそういうものだ。今、初めて父の手を握る。それだけ切羽詰まった状況なのである。すると、父は握りかえした。それは思いがけないことであった。そのかすかな力は、生命の灯のようなものである。生の恩寵に思い至る歌である。

（『久露』昭和五十一年刊行）

3月

11日

妻の前ひらきてきぱき差し換えて無表情に去る青年が居る　柴　善之助

妻は、特別養護老人ホームに居る。歌集を読むと「つるとかめ」という名前だと分かる。相応しいと言えば相応しい。家から三百メートルほど離れたところにあるという。作者はまめに通うのだ。ある日、介護の青年が部屋にやってきた。オムツの交換だろう。夫の前である。青年は感情を交えず、仕事をこなすだけだ。夫にしてみれば、腹立たしい感じもするし、無表情だから許せるのでもある。親しげにされたら堪らない。

（『揚げる』平成十三年刊行）

12日

みどり子にがらがらを振る幼子はその音を聴く遠き目をして　花山多佳子

姉と弟である。姉は後の歌人花山周子ということになる。姉弟の微笑ましい光景に見える。女の子は母親の真似をする。本能的なものだろう。ガラガラの懐かしく不思議な音が聞こえてくるようだ。女の子は、どういう思いでその音を聴いたのだろう。嬰児だったころの記憶が呼び覚まされたのか。覚えているはずもないから、それは意識の底にある微かな音の印象だ。あるいは、もっと遥かな母性に繋がるものを感じたのかもしれない。

（『楕円の実』昭和六十年刊行）

13日

別れぎは夫が触れにし我が乳房夜の電車にみづみづとせり

秋山佐和子

当直の夫が倒れた。妻は病院に駆けつける。夫はCT室に。脳外科医に手術を委ねる。歌集では目まぐるしく場面が展開する。手術は終り、夫を看病する日々が始まる。そんな或る日の歌である。妻は帰宅する。孤独の闇が夫に迫る。夫は思わず妻の乳房に触れる。愛する者に縋りたいのだ。妻は、帰路の電車の中でその感触を反芻する。愛を実感した幸せを噛みしめているのだ。（『羊皮紙の花』平成十二年刊行）

14日

こころねのわろきうさぎは母うさぎの戒名などを考へてをり

永井陽子

母の死が予感される。戒名は、仏門に入った者に与えられる名前だが、周知のとおり現在では死者に戒名を与えることが慣習となっている。それは僧侶がつけるものだから、作者はあれこれ想像しているに過ぎない。「うさぎ」ということで、辛辣さは薄まっている。音韻が穏やかで、かすかな優しささえ感じられる。辛いこと、悲しいこと、すべては兎の国の出来事なのである。そう歌うことで救われている。

（『てまり唄』平成七年刊行）

15日

梅の紅左右に散らし伊豆病院発つや冷凍された父《フローズン・ファーザー》載せて　大野道夫

早春である。伊豆であれば暖かい日射しを思うのである。父が亡くなった。死者は病院から運び出される。父をドライアイスが囲む。「フローズン・ファーザー」とはSFの世界のようである。冷凍され、遠い未来に復活するかもしれない。少し醒めた言葉の感覚である。紅梅の情緒と不思議な取り合わせである。大野は歌人であり、社会学者である。社会学の方法で歌壇や結社を検証する。

（『冬ビア・ドロローサ』平成十二年刊行）

16日

二人子は陽に遊べるか病室におもへば遠き岬のごとし　小島ゆかり

五十日宿って喪った命を作者は「螢子《ほたるご》」と名づけた。哀しく、美しい名前である。三人目の子になるはずだった。ふと姉妹のことを思うのである。彼女たちは陽光のなかで遊ぶ。眩い生の側にある。その存在は、今の自分にとっては遠く感じられるのだ。病室から心が解放されてゆく。海に突き出した岬は、力強い生のイメージである。海鳴りが聞こえてくるようだ。

（『月光公園』（平成四年刊行）

17日

輪のなかへ入りゆきかけてふりかへり戻り来し子の手をとりぬ　真中朋久

幼い子どもである。幼稚園を想像した。父親参観日である。園児たちが集まっている場面だろう。父は見つめる。初めて我が子が一歩踏み出して、人と関わろうとしているのである。はらはらする。しかし、もう少しのところで、子どもは戻ってきてしまう。父は、いいんだよという感じで子どもを迎えるのだが、軽い失望もあるだろう。結句の五音という破調に、微妙な欠落感があるのだ。

（『雨裂』平成十三年刊行）

18日

初めての万年筆を買ひくれし思へば父は期待を言はず　柳　宣宏

おそらく、高校入学、大学入学のお祝いだろう。かつて万年筆は「もう子どもじゃないんだよ」という意味の贈り物だった。自分でも少し大人に近づいたような気持ちになる。青いインクの文字が震える。格別の感触を味わうのだ。父は、ただそっと万年筆を買ってくれた。立派な人間になれとか、何も自分には言わなかったと回想するのである。「父の忌」という一連の歌である。

（『与楽』平成十五年刊行）

19日

見当たらぬ祖母の入れ歯は弟の自作人形の歯になっており　　笹公人

笹公人はエンターテインメントを意識して短歌をつくる。そういう歌人は、歌壇では殆ど独りと言ってよい。シビアで生々しい現代短歌の中で異彩を放つ。歌集『念力家族』には、憧れの先輩を念写する妹や、ダイエットで即身仏になってゆくＯＬが出てきて仰天するのである。この入れ歯の歌も濃い。入れ歯のない祖母の顔。入れ歯が剝き出しになった人形の顔。にんまりする弟とそれを見る私がいる。賑やかな家族だ。

（『念力家族』平成十五年刊行）

20日

たどりつく岸辺はしらねどわたしたち川の字に寝る。遠くまでゆく　　笹原玉子

川の字に寝る。我々には、ありふれた光景だ。お父さん、お母さんがいて、真ん中が子どもだ。蒲団で寝ることが前提だから、ベッドで寝る文化圏には川の字は当てはまらない。ありふれているけれど、子どもが成長すれば、いずれ川の字は解体するのである。この歌には、川の字の日常的な雰囲気はない。家族がどこまでもどこまでも流されてゆく。淡い幸福を感じる。むなしくて浪漫的である。

（『われらみな神話の住人』平成九年刊行）

21日

わたくしの男友達それほどは平素役立たぬが母にくれし文　中原千絵子

家族の扉が緩く開く。そんな感じである。母は癌の宣告を受け、手術した。闘病の日々である。そんなある日、男友達、おそらく同僚だろうが、母に手紙をくれた。思いがけないことである。友人の母に手紙とは何と温かいのだろう。文面も自ずと思われる。さりげなく穏やかなものに違いない。「平素役立たぬ」は辛辣なようだが、こう言える関係は素敵だ。かえって二人の親しさを感じさせる。ぶっきらぼうな文体が魅力の一首。

（『タフ・クッキー』平成十四年刊行）

22日

「もしもし」とそれだけ聞いて切りましたかわいい声の人だったから　妹尾咲子

内側にいれば、家族は生温かい毛布にくるまれているようなものだ。あるいは沼かもしれない。外側から見る家族は、あるとき、薄い硝子に包まれた宮殿である。そんな冷ややかな感触のある歌。この歌、何も説明されていないが、不思議と手に取るように分かる。かわいい声の人は、恋人の奥さんだ。電話に出ても、相手が何も喋らないから、奥さんは「もしもし」と言うのである。何かが砕ける。

（『アポヤンド』平成十五年刊行）

3月

23日

病巣のごとくに知恵のともりたればしづかになりて手を握らしむ　米川千嘉子

子どもの歌である。いくぶんブルーだ。知恵を病巣に喩える。それはぼんやりとした影である。病に冒されているところだ。思えば、人の知恵は自然界を冒し続けてきたのかもしれない。ある日の一場面である。騒いでいた子どもが静かになった。母親の気持ちを感じたのだろう。母親が何かを求めていることを察知したのだ。自分はどうしたらよいか。それが知恵の始めなのである。

（『一夏』平成五年刊行）

24日

自画像を書き損じたる紙の上にわれは児と食う菓子を分けおり　浜田康敬

画用紙というより、広告のちらしの裏側といった雰囲気である。自画像。少し改まった感じだが、そんな気持ちになることもある。かといって、特別な用意があるわけではない。おそらく鉛筆でささっとデッサンしたのだろう。結局、うまくいかない。気持ちのやり場に困る。子と食べる菓子をその紙に分けていくのだが、ちょっとちぐはぐな、ほっとしたような思いが伝わってくる。お父さんの顔の上に菓子が乗っている。

（『望郷篇』昭和四十九年刊行）

25日

長靴をポコ・タ・ポコ・タと鳴らしつつ「あのね」と言ふ目がもう泣いてゐる

みずのまさこ

絶妙な音である。これほど描写力のある音は余りない。幼い子どもである。ちょっと長靴が大きめの感じ。ぴったりフィットした長靴だったらこんな音はしないだろう。ゆっくりした歩調である。たぶん雨上がりなのだ。雨が降っていたら長靴の音に意識は向かわない。子どもは母親に何か訴えようとしている。誰かにいじめられたのかもしれない。甘ったれた感じが可愛いのである。

(『Mother Lake』平成十五年刊行)

26日

妻はパン我は御飯をいただきて一日始まるたぶんあしたも

影山一男

パンにはミルクかコーヒー。御飯には味噌汁だ。妻と夫、それぞれの朝食である。おそらく結婚当初は、パンか御飯かどちらかだったのだろう。長年一緒に暮らして、やがてパン派と御飯派に分かれてゆくのだ。お互いの好みを尊重して、穏やかに時が過ぎてゆく。「たぶんあしたも」には、少し倦怠のニュアンスもあるが、こういう夫婦の静かな生活が続いてほしいという願いが込められているのだ。

(『空夜』平成十三年刊行)

27日

ゆっくりと一合の酒飲んでをり俺に子どもはゐないんだなあ　喜多昭夫

悪戯っぽい少年の感性で歌ってきた喜多昭夫が、いつのまにか中年にさしかかっていた。この歌、率直である。上句を「をり」で収めているので、下句の口語が私の肉声として響くのだ。この嘆きには、いくぶん朗らかな音感があるから、より一層沁みてくるのである。男にとって子どもは謎である。出産を経験しないから観念で理解するしかない。そして、男にとって子どもの不在はもっと謎なのである。

（『夜店』平成十五年刊行）

28日

子どもらの生活設計には入っておらぬ母の老衰目に見えてすすむ　沖ななも

生活設計という言葉がいつ頃から使われ始めたのか分からないが、その基本がお金であることは確かだ。生き甲斐が大切なことは言うまでもないが、お金が絡んでくるから、設計なんてことを言わなくちゃならない。設計とは冷ややかである。この歌、私自身も「子どもら」の内の一人なのだろう。だれも母のためのお金は考えていない。そんなことはなかろうが、そう思うと母は憐れである。下句の嘆きは深い。

（『ふたりごころ』平成四年刊行）

29日

ちちははが金を争いいる声す時おりわれの名前まじりて　上妻朱美

こう歌った作者は、熊本女子大学在学中であった。なかなかこうは歌えない。読者になるであろう両親を思うと怯むのが普通だ。そこを突破した覚悟を思うのである。それは、師の石田比呂志の教えによるものであるし、こういった金銭のことを歌うのは土屋文明の影響もあるだろう。いずれにしろ、男の原理である。隣室で父母が争う。家計の問題だ。作者の将来を案じている。下句が巧い。

（『起重機と蝶』昭和六十一年刊行）

30日

医院よりわがもらいたる風邪薬を娘に分くる夕食ののち　大下一真

夕食の後の満ち足りたひとときである。どうやら娘も風邪をひいているようだ。ほら、お父さんの薬を飲みなさいといった場面である。そんなことされたら困りますよと、お医者さんに言われそうである。処方箋あっての薬である。が、作者がお寺の住職であることを思うと、何とも大らかで、生きとし生けるものへの慈愛さえ感じられるではないか。心が温まる歌だ。

（『足下』平成十六年刊行）

31日

抱かれてこの世の初めに見たる白　花極まりし桜なりしか　稲葉京子

初めての記憶がある。不確かだが、忘れられない情景。抱かれていたという感触と、白という色彩だけが印象に残っている。ああ、あれは満開の桜だったかと追想するのである。幼い私を抱きかかえて桜を見せたのは誰だったのか。それは家族の誰かであったに違いない。父、母、祖父、祖母……。やはりここは、若い父親であってほしいと思うのである。この歌は、初めての家族の記憶でもあった。

（『槐の傘』昭和五十六年刊行）

四月

1日

誰の子の母でもあらぬわたくしが竹間《ちっかん》幼稚園の桜の下にいる　田中雅子

京都の竹間幼稚園は、明治十八年に創設された。統合されて、今では別の名前になっている。幼稚園には桜が似合う。門のあたりだろうか。作者は立っている。それとなく元気な園児たちの姿を見ているのだろう。「誰の子の母でもあらぬ」とは、少し屈折したニュアンスだ。「誰の子の」というとき、大勢いる園児たちの姿が重なってくる。冷ややかな孤独を感じる。「ちっかん」という響きが何やら苦い。

（『令月』平成九年刊行）

2日

夢精さくらのひろがるに似て少年は放りだされる青空のなか　中津昌子

母が息子を男性として見ること。少し距離をとって見るのである。だから少年というのだ。夢精は、思春期の男子の通過儀礼である。甘い性への夢が現実の身体機能の問題となる不可思議で決まりの悪い体験だ。それにしても、この感覚の再現力には驚かされる。「さくらのひろがる」の淡い快感。「放りだされる青空のなか」という途方に暮れた情感。どうしてここまで分かるのかと感嘆する。息子への執着という愛の形であろう。

（『夏は終はった』平成十七年刊行）

3日

ほんとうの家族はという子のこえに何かはじまるごとく構えつ　飯沼鮎子

歌集の前後の歌から、この子どもは、教え子であるように読める。授業中か、あるいは雑談の場面かもしれない。子どもが「ほんとうの家族は……」と切り出した。思わず、身構えるのである。それは確かに何かが始まる瞬間であった。価値観を揺さぶる何かを直感したのである。それは怖ろしい問いであった。日頃避けて通っていたことである。だれが胸を張ってこの問いに答えられるだろう？

（『サンセットレッスン』平成十年刊行）

4日

むらさきの花を描けるストッキング脱ぎてしばしは家に馴染まず　近田順子

歌集の帯に「不倫歌集」とあって驚くのであるが、時代の空気を感じるのである。「金曜日の妻たちへ」が話題になって、不倫ドラマがブームとなった。作者は、不倫の土壌となった家族の退屈さを歌ったのである。このストッキングは華やかである。遊びのムードがたっぷりある。それを脱ぐとき、家庭の妻に戻るのだ。「しばしは」が巧い。結局は、家に馴染んでゆかざるを得ない自分を描いている。

（『退屈家族』昭和六十二年刊行）

5日

なまめかし胸《むな》おしろいを濃く見せて子に乳をやる若き人妻　岡本かの子

かの子は、明治四十三年、岡本一平と結婚。翌年、長男太郎を出産した。この若き人妻は、かの子自身である。挑発的だ。胸の白粉は、確かに艶めかしい。それを「濃く見せて」というのである。誰のためにそうするのか。生まれたばかりの子どもに乳をやる姿も艶がある。人妻に収まりきらない滾る情念が伝わってくる。かの子は恋を続けた。不倫の軽さは微塵もない。

（『かろきねたみ』大正元年刊行）

6日

赤きランプおびえるわが子ささえいてX線機械の底鳴りを聞く　菅野朝子

こういう清潔な生活の歌は、今では懐かしい感じさえする。昭和六十年代になると、短歌界には、口語化、大衆化、風俗化の波がやってくるからである。病院の検査だ。「赤きランプ」に臨場感がある。怯えるわが子を支えるから医療機械の鈍い振動に意識が向かうのだ。機械の即物的な描写の中で生身の母と子の姿が鮮やかに浮かぶ。たっぷり情が伝わってくる。それも懐かしいのである。

（『くれない』昭和五十七年刊行）

7日

兄弟の包まれている新聞に海のむかえが来る時間帯　笹井宏之

すこし懐かしい風景を想像する。少年は、お母さんに頼まれて街に買い物に出かける。野菜やあれこれ買って次は魚だ。「まいどあり」とおじさんが新聞紙に魚を包んでくれる。今日は煮魚だろうと思う。ふと少し小さい二匹が兄弟のように思えた。少年は、ちょっと寄り道をして浜辺に行く。この兄弟を海に帰してやれたらいいな。夕暮れだ。海のむかえが来るころである。波が静かに兄弟を運び去る。

（『ひとさらい』平成二十年刊行）

8日

お祖父ちゃんの白い碁石を口中に含んでふいに恐ろしくなる　石川美南

熊次さんという祖父の囲碁仲間が亡くなったという連作の中の一首。祖父と熊さん。そしてその二人をどこからか見ている私の視線がある。この歌、だれが白の碁石を口に含んだか、よく分からない。「ふいに恐ろしくなる」のは私であると読める。私がいつのまにか祖父の碁石を口に含んでいたと受けとればよいだろう。何故？熊さんの霊が乗りうつったと思えば面白い。祖父の世代と孫娘の濃密な空間である。

（『砂の降る教室』平成十五年刊行）

9日

ささやかな秘密を君は持つように背広のポケット七つありたり　佐藤彰子

愛らしい歌である。夫を君と歌う時点で、二人の関係は伝わってくる。妻が夫の背広をつくづくと見るのは、どんなときだろう。クリーニングに出すときじゃないかな。ポケットに何か忘れていないかチェックするのである。おや、こんなところにもポケットが、というわけである。ささやかな、実に、ささやかな夫の秘密。それさえも私は知っている。七つという数もよきかな。

（『二十歳の頃の我に向かいて』平成十四年刊行）

10日

鳥の目はいかなる星座映すらむ遺族の家を線で結べば　吉野亜矢

家族はいつか遺族になる。この歌、一時に多くの人が亡くなったことを思わせる。震災か、飛行機事故か。あちこちに遺族が生まれる。地表は哀しみに満ちている。夜空から鳥が見おろしている。灯りが見える。ひときわ哀しい灯りがあって、それは遺族の家のものだ。哀しみが結ばれて、地の星座になる。この世界のあらゆる悲傷を抱擁するような気高い歌である。

（『滴る木』平成十六年刊行）

4月

11日

いとし子の足の繃帯まきかへしかくも育ちし吾が子なるかな　平福百穂

作者は画家であり歌人。「アララギ」を支えた一人である。この歌、娘が自動車に撥ねられたときのもの。幸い擦過傷で済んだという。大正時代の自動車は、まだあまりスピードが出なかったのだろう。この時代、交通事故の歌というのも珍しい。軽い怪我でよかったという安堵感がある。娘の足を間近に見たのである。繃帯の描写が巧い。吾が子の成長を眩しく思ったのだ。

（『寒竹』昭和二年刊行）

12日

過労死もあるかもしれず夜勤明けの君が茹でたる卵の固さ　小川真理子

過労死も身近な言葉になってしまった。仕組みや環境が暗黙のうちに、個人に長時間の労働を強いるのである。夜勤明けということで、厳しい職場が思われる。激務による徹夜ということだろう。いつのまにか帰宅していた夫。それでも卵を茹でている。生存本能のようなものを感じる。壮絶でさえある。固く茹でられた卵は、ストレスの暗喩であるかのようだ。

（『母音梯形《トゥラペーズ》』平成十四年刊行）

13日

わたくしの機嫌の悪さが沈むころ水の輪に似て家族の無言　中川佐和子

母親は太陽であってほしい。家族はみなそう願う。母親が陰鬱であると、家中真っ暗である。父親が不機嫌でも、余り家族の様子は変わらない。笑い声が聞こえてきたりする。不思議なことに。この歌の背景には、父の病がある。「機嫌の悪さが沈む」とは重苦しい表現だが、巧みに「水の輪」を導き出している。なるほど、無言は水の輪のようにしんと広がる。

（『卓上の時間』平成十一年刊行）

14日

ひとのこゑ絶えたる家にそれぞれのうから七つの歯ブラシ反りぬ　竹内文子

七人家族ということだ。大家族である。歌集を読んでいくと四人の子どもがいることが分かるので、おおよそ家族のイメージが浮かぶ。七人家族でも、昼間、誰もいなくなることがある。夫は仕事、子どもは学校。作者独り、家にいるのだろう。歯ブラシは、所有者が厳密である。だから、七つの歯ブラシには家族の存在感が濃厚である。反った歯ブラシ。ちょっと疲れ気味の家族かもしれない。

（『自転車遊行』平成元年刊行）

15日

わが妻が今日のゼリーに浮かせたる苺を食へば春の味のする　稲森宗太郎

昭和五年四月十五日、稲森宗太郎は喉頭結核で亡くなった。二十八歳の若さであった。『水枕』は遺歌集である。この歌は、亡くなった年の作で「ある日に」という詞書きがある。高熱に苦しむ夫のための、妻の心尽くしのデザートである。柔らかいゼリーに今日は苺が浮いている。目にも涼しく美しい。ああ、春だ。春の味だ。もう再び春はやってこないと思っている。万感の結句である。

（『水枕』昭和五年刊行）

16日

隣家の子百日咳の咳すなりすなはち吾等顔見合はせぬ　古泉千樫

激しい咳が聞こえてくる。隣家の子が百日咳にかかったらしい。夫婦は顔を見合わせる。何も言わなくても、お互いの気持ちは伝わってくる。わが子に感染しないだろうか。だいじょうぶだろうか。それに尽きる。大正四年の歌。前年に、次女を喪っているから、夫婦の不安は募るのである。ましてや生まれてまもない乳児がいる。感染のダメージは甚大なのだ。子を巡る夫婦の思いが細やかに歌われている。

（『屋上の土』昭和三年刊行）

17日

わが病めば子のおとなしくなるなども寂しやあはれ相たよる身は　原　阿佐緒

穏やかな韻律である。自分が病むと、子どもは大人しくなる。そう母は思う。それは寂しいこと。母と子はお互いに頼りながら生きているのだ。阿佐緒は、十七歳で日本女子美術学校に入学。教師の小原要逸に出逢う。阿佐緒は子を身籠もった。が、小原に妻子があることを知る。自殺未遂。子とともに死のうと思ったのである。そして出産。この現実を重ねると「相たよる身」がひりひり沁みてくる。

（『涙痕』大正二年刊行）

18日

わか草の妹が汲む茶をのまくとわれ手を洗ふ春の水かも　宗　不旱

「春日作硯」一連より。「わか草の」は「つま」「妹」などにかかる枕詞。若草の柔らかく瑞々しいイメージが愛すべき妻に重なる。作者は硯刻を生業とした。妻がお茶でもいかが、と声をかけたのだろう。仕事の最中だったのである。だから手を洗うのだ。思いがけず、気持ちのよい春の水だった。清朗な韻律である。作者は放浪の果てに阿蘇で消息を絶った。その最期が思われる。

（『筑摩鍋』昭和四年刊行）

19日

ママ、ぼくの手の中にある〈うまれたてぎんいろナイフ〉きれいでしょ？　ねえ　村上きわみ

生まれたての殺意と簡単に言ってしまっていいか。「ぎんいろナイフ」は、買ってきたのでも、貰ったのでもない。生まれたのである。ぼくの手の中で、いきなり生まれた。まだ小さい。まだ何も斬っていないから、きれいなんだ。そう、まだ何も斬っていない。ねえ、そうでしょう。ママには、もう、血塗れのナイフがはっきり見えている。二人は無菌室のように明るい部屋で向き合う。

（『キマイラ』平成十三年刊行）

20日

書架の裏に隠された詩を読みあった病める魂の所有者として　ひぐらしひなつ

父への挽歌「雨の午睡」一連より。「父は絵描きで、最高の同志だった」という詞書きがある。そう言われた父は最高に幸せだ。娘は歌人であり、ハードロックを愛するドラマーでもある。表現という熱い束を共有するのだ。かつての思い出。あるいは象徴的なイメージであってもよい。薄暗い書架の裏で詩を読み合う。甘美で苦い。父と娘は、互いの魂を摺り合わせる。病める魂とは詩の別名であった。

（『きりんのうた。』平成十五年刊行）

21日

家族らのたつる寝息は斉唱とならず夜明けのゆめさめるまで　東　めぐみ

家族の寝息を聞く。みんな安らかである。それは幸せを感じるひとときだ。ああ、家族なんだなと。この歌には、微妙な翳りがある。斉唱とならず。それはそうで、夫の寝息、子どもの寝息、それぞれ違う。混声合唱のようなものだ。否定形で語られると、ほの暗いニュアンスを感じる。結句もそうだろう。自分だけが目覚めた夜明け。家族は現実なのである。

（『ラバーソウル』平成四年刊行）

22日

父よ父、夕餉載せたるちゃぶ台を覆す昭和の筋力いずこ　桜井健司

卓袱台、見かけなくなった。四脚で折り畳み式の丸い食卓。卓袱台をひっくり返すというと「巨人の星」の星一徹だ。アニメのエンディング・テーマ曲でそんなシーンがあったが、実際は飛雄馬を叩いて、たまたま卓袱台がひっくり返っただけ。由緒正しい〈卓袱台返し〉ではないという説がある。この歌「夕餉載せたる」がポイント。やはり食事が載っていないと様にならない。理不尽なまでに強い昭和の父への憧憬を歌った。

（『融風区域』平成十六年刊行）

4月

23日

ミントティーかそか匂へりきみの語る母の影にぞきみは包まる　関口ひろみ

愛するきみが母親のことを語る。それを聞く私の思いは複雑だ。母の影に包まれるきみ。マザー・コンプレックスとまでは言わないにしろ、そういうきみをほんの少し冷ややかに見ているのだ。母への軽い嫉妬があるのかもしれない。私のことだけ思ってほしいのだ。手の届くところにいるのに。ミントティーの爽やかで甘い香りは、母親のイメージを漂わせている。

（『あしたひらかむ』平成十年刊行）

24日

いかに近くレンズ寄せてもいやがらぬ死者の面輪を写真に撮りつ　安田純生

祖父は米寿。生と死の間をたゆたい、やがて息をひきとる。孫である作者はカメラを用意していた。予定の行動なのである。祖父の死に顔を写真に撮るのだ。作者に迷いはない。なにか切羽詰まった思いが伝わってくる。デスマスクを取る感覚なのだろうか。かなりレンズを近づけて撮ったことがうかがえる。そりゃ、もう嫌がりませんよ。どこかで苦笑いしているにちがいありませんが。作者は古典和歌の研究者でもある。

（『でで虫の歌』平成十四年刊行）

25日

子の名のみ紹介しあう公園につなぎあいおり母たる洞《ほら》を　広坂早苗

「公園デビュー」は、まだ死語ではないように思う。幼子がヨチヨチ歩きを始めたころがデビューだ。公園に集まっている母親たちの仲間入りをしなければいけない。或る種の通過儀礼だろう。お茶とお菓子と砂場遊びの道具は必需品とかいろいろノウハウがあるらしい。この歌は、その内実を捉えた。子どもだけ紹介しあう。母親たちは空っぽなのだ。虚ろな何かが繋がって砂場で遊ぶ子どもたちを取り囲んでいる。

（『夏暁』平成十四年刊行）

26日

「ちゃん」づけで呼んでやるからいつまでもお前のことをゆるさないから　入谷いずみ

お前とは、だれだろう。恋人という線もある。ヒントを言うと、兄弟姉妹の誰かである。ここまで分かれば簡単かな。兄や姉とは考えにくい。妹はあり得るが、むしろ「ちゃん」づけは普通。正解は、弟である。ずっと子ども扱いされてはプライドに関わる。ちょっとからかう感じで、意地悪っぽく姉は言う。ゆるさないとは、お前のことを離さないということだ。弟はいつまでも私のもの。

（『海の人形』平成十五年刊行）

4月

27日

母の髪洗ひくれ娘は帰りたり曇る羽田を発ちゆくころか　桜井登世子

母は二度の脳梗塞により臥せる日々を過ごす。自宅介護は二十年に及んだ。母は、九十五歳で天寿を全うする。この作品は、亡くなるすこし前の或る日を歌ったもの。飛行機に乗って孫娘はやってきたのである。短い滞在だったかもしれないが尊い時間であった。祖母の髪を洗う優しい指先が見えるようだ。髪は、三代に亘る絆の象徴であろう。娘はまた日常に帰ってゆく。（『ルネサンスブルー』平成十五年刊行）

28日

弟よその太き手もて何を持つ、汝が魂を持ちたれば汝れもまた強き者なる　松村英一

作者は窪田空穂の高弟。第一歌集『春かへる日に』は、まず、愛児を喪った哀しみが歌われているが、やがて、抉り出すような破調の歌が現れてくる。この歌、下句が大破調である。破調であるなら大胆に、という鉄則どおりである。噴出する力が定型を破っている。この弟は、若い労働者というイメージである。労働の手に持つものは、自らの魂なのだ。この躍動するリズムは、今読んでも新鮮である。眩い陽光が感じられよう。（『春かへる日に』大正二年刊行）

29日

足乳根《たらちね》が若菜《わかな》うでたるあとの湯に足を洗へば青くさきかな　結城哀草果

作者は山形県に生まれ、農業に従事した。同郷の斎藤茂吉に師事し、後に「アララギ」の選者となった。足乳根は母親のこと。農村において祖母の役割は大きい。夫婦で働いているから、家事の多くは祖母が担うのだ。歌集の中でも、子守、食事の準備、風呂を焚いたりするなど祖母は大活躍である。農作業から帰って、足を洗う。若菜を茹でたあとの湯も大切に使うのだ。結句の生々しい匂いがよいではないか。

（『山麓』昭和四年刊行）

30日

国道の午後の無人に黒くくろく蟻ひかりおり妻もしあわせならず　浜田　到

虚無的な風景である。一本の真っ直ぐな国道。広々とした世界に繋がってゆくはずの道だ。そこにただ黒い蟻が光っている。どこにも行くところがない。このイメージが結句を覆うのである。結句、絶望的な断言である。しかしどこか安らかである。夫である自分もまた「しあわせならず」という世界に居るからだ。浜田到は、中井英夫に見出され、硬質でメタフィジックな作品世界を展開した。交通事故により昭和四十三年四月三十日、四十九歳で死去。

（『架橋』昭和四十四年刊行）

五月

1日

招き寄せる君の腕さえ冷えわたり家具の一部となりて抱き合う　大田美和

「こわれたピアノのための連弾用練習曲　江田浩司の俳句と」という連作より。江田の「新樹かがやく帰りて妻を抱かな」という句がこの歌の隣にある。夫の熱っぽさと妻の冷え。新樹は生命感に満ちているが、片や家具である。ひっそりと家の中にある。明るい夫と少し憂鬱な妻。実に巧い構成だ。夫の真っ直ぐな愛を受けとめ、家具の一部となるまで長い長い時空へと引き込んでゆく。

（『水の乳房』平成八年刊行）

2日

喉白く五月のさより食みゐるはわれをこの世に送りし器　水原紫苑

さよりは下顎が長く、ほっそりした姿をしている。サヨリの語感がぴったりだ。魚界の麗人とも言われている。今、食べているのはさよりの刺身であろう。透き通った銀色の身が喉をすべってゆく。この流麗な感触が「われをこの世に送りし」に重なる。それは母であった。「器」とは、冷ややかでオブジェのようだ。それでいて生々しい肉の光沢が感じられる。母であって母を超越した存在を思わせる。

（『びあんか』平成元年刊行）

3日

われのこの寝がほがあまり恐《こわ》すぎてゐたたまらぬと母はなげけり　前川佐美雄

呻き声でも聞こえたのか。或る夜、母は息子の部屋に入っていった。何かの光に照らされて寝顔が見えた。母は戦いた。寝顔には、青年の激情と苦悩が刻まれていたのだ。——こんなシーンを想像した。母親が二十代の息子の寝顔を見る状況は、幾分、フィクショナルである。「植物祭後記」には「短歌をやつて、革新を思はぬ程ならばよした方がいいと思ふのだ」とある。モダニズム歌集であり、紛れもない青春歌集であった。

（『植物祭』昭和五年刊行）

4日

三人《みたりご》娘をむんずと入れる湯船よりざんぶざんぶと湯が逃げてゆく　小塩卓哉

江戸時代、船に浴槽を設け、巡回営業が為されていたそうである。凄い発想だ。これが湯船の語源だろうと言われている。この歌、まさに船という感じだ。波が荒い。三人の娘を風呂に入れるなんて、父親としてこれ以上の幸せはない。「むんず」と摑むわけだから、まだ幼い児である。大人しくしているはずがない。みんなの笑顔が見える。そして、いつかお父さんは独りでお風呂に入るようになる。それが宿命。

（『樹皮』平成十五年刊行）

5日

おのこ一人の父なれば子と尚武なき菖蒲湯に四肢しずめゆくなり　三枝昂之

菖蒲湯は、端午の節句に菖蒲の根や葉を入れて沸かす風呂。ショウブの音が、尚武、勝負に通じることから武家の男子にとって縁起がよいとされた。この歌は、それを逆用し、武道を重んじる精神のない現在を語っている。つまり、武のない男子とは一体何だという問いかけである。我々は明快に答えられるだろうか。菖蒲湯に沈んでゆく父と子は、幾分もの悲しい。

（『塔と季節の物語』昭和六十一年刊行）

6日

おおよその配合で作る真夜中のお菓子ほど美しいものはない　盛田志保子

「妹にキック」一連より。妹といっしょにお菓子を作っている場面を想像すると、より楽しいだろう。一人暮らしの歌でないことは、何となく伝わってくるから不思議だ。それにしても、大らかな歌である。バター、砂糖、溶き卵、バニラエッセンス、薄力粉といったところか。出鱈目な配合じゃダメで「おおよその」というところがいい。しかも妖しげな真夜中である。お菓子はちょっと凸凹して絶妙な形に仕上がるのだ。

（『木曜日』平成十五年刊行）

5月

7日

汝の指尖のミシンの上に動くとき瓦斯の火の前にひらくいちはつ　内藤鋠策

日本のミシンの量産が始まったのは大正時代の後半であるから、この作品は、モダンな家庭の風景を意識して歌ったと言えるだろう。上句の描写はリアルである。ところが、下句になると、何かちぐはぐである。瓦斯の火はよいとして、いちはつが唐突な感じだ。ミシンといちはつのシュールな出会いか。この場合、いちはつの花にはセクシャルなイメージもある。実験的な作品として読むとなかなか面白いのである。

（『旅愁』大正二年刊行）

8日

出奔の夢すてきれず氷るほどつめたきトマト頬ばりながら　栗木京子

作者、三十代後半の日々である。日常の全てを棄てて姿をくらましたい。誰にも連絡先は教えない。そんな思いが心を過ぎる人は多いだろう。それを実行に移す者は殆どいない。つまり、その夢をどう抑えるかが現実というものなのだ。陽光をたっぷり吸ったトマトは情熱の象徴である。この歌は、出奔の熱い夢を氷結させたかのように凄まじい。無惨でさえある。理性的でありながら感覚に強く訴えるイメージで共感を呼ぶ。

（『綺羅』平成六年刊行）

9日

たまたまに居合わす君も立ち添いて涙ぐむなりハピイバースデーの歌　近藤芳美

作者は、永年住み慣れた豊島園の家を売却して、成城の介護付きマンションに移り住んだ。現代的な老年の有りようであった。九十歳の誕生日のお祝いである。合唱隊が「ハピイバースデー」を歌う。アルバイトの少女たちである。清らかで、なんと満ち足りて、そして虚しいのだろう。妻は、傍らに居て涙ぐんでいる。「たまたまに」であることが寂しい。歌い終ると少女たちは去っていった。静寂の中に老年がある。

（『岐路』平成十六年刊行）

10日

長兄に引かれ仰げば日蝕に染まりぬ　冷えし童貞の唇《くち》　大津仁昭

日蝕は劇的な、そして不吉な出来事である。蝕は太陽の死である。豊饒な生の像をむさぼり食うのである。幼い私は長兄に手を引かれ日蝕を仰いだ。日蝕の闇に染まったのである。生涯童貞であることを暗示しているようだ。歌集の帯文に塚本邦雄はこう記した。「大津仁昭の一首一首がもたらす衝撃力は、軽く甘つたるいもろもろの現象を、吹つ飛ばすだらう」と。ライトバースが注目された一九八〇年代に大津は異彩を放ったのである。

（『海を見にゆく』昭和六十二年刊行）

11日

そら豆の殻一せいに鳴る夕母につながるわれのソネット　寺山修司

清朗な韻律で愛唱性のある歌だ。何となく夕餉の仕度を思い浮かべるが、この歌の意味は明解ではない。ローマでは、そら豆には死者の霊が含まれているとされ、葬儀に使われた。エジプトで、そら豆畑とは死者が再生を待つ場所であるという。そうすると、そら豆の殻とは再生した死者の抜け殻というイメージを持つ。上句は、再生の歓喜と苦悩を訴えるのだ。それは正しく母に繋がるソネット（十四行詩）のモチーフであった。

（『空には本』昭和三十三年刊行）

12日

幼児にて父と亡母を描きし絵のとりとめもなき人間の顔　小笠原和幸

一枚の画用紙があるのだと思う。そこに父の顔ともう死んでしまった母の顔が描いてある。幼い頃に描いた絵だ。普通に二人が並んでいる絵なのだろう。しかし、生きている人間と死んでしまった人間が同じ空間に居ることは何か不思議である。死者は微妙に線のタッチなど違うのだろうか。どこか綻んでいるのだろうか。そういうとりとめもない想念がやってくるのだ。

（『風は空念仏』平成十五年刊行）

13日

さらば妻も職業の一つ逆さまになりて朝の浴槽を洗ふ　青井　史

昭和は元気な時代だった。昭和五十年代の後半、フェミニズムの思潮を受け、多くの女性歌人たちは〈妻〉や〈母〉という日常の役割を問い直した。すなわち、生き方と作品が不可分のものとなったのである。妻は職業である。アイロニーだ。それに見合う報酬がないことを承知している。それでも妻という役割を全身で引き受けて生きる。「逆さまになりて」が体当たりの演技である。何という強さだ。拍手を送りたい。

（『鳥雲』昭和六十三年刊行）

14日

時間をチコに返してやらうといふやうに父は死にたり時間返りぬ　米川千嘉子

死に向かう父を看護する日々が続いたのである。それは、娘の貴重な時間を費やすものであった。チコ、幼いときから父にそう呼ばれてきた。チコ、私のために使ってくれた時間を返してやろうと父は言う。そういうように父は死んだと思うのである。いま、あっけなく時間は返ってきた。そのことに戸惑う。父と過ごした最後の時間がかけがえのないものであったことに気づくのである。

（『たましひに着る服なくて』平成十年刊行）

5月

15日

オリーヴの沈む器《うつは》を打ち合ひてわれらはたのし母死に行けど　岡井　隆

マティーニのカクテルグラスで乾杯である。華やかなパーティーだ。が、遠く母は死んでゆく。私は、楽しい場所にいなくてはならない状況なのである。それは辛く、辛さも通りこして、はちゃめちゃな現在なのだ。『歳月の贈物』では母の死を歌う。様々な表情を作者は見せている。「たんぽぽを根ながら提げて母に見すいくばくもなく天《てん》へ発《た》つゆゑ」とも歌う。こちらは少年のような純情である。この振幅が岡井隆だ。

（『歳月の贈物』昭和五十三年刊行）

16日

臥り居れば枕べ近きガラス戸に面をよせつつ子は呼びにけり　岡井華子

初出は「アララギ」昭和六年七月号。土屋文明選である。歌集は、父の没後二十年、母没後二十五年にあたる年に岡井隆によって編まれた。作者は病に伏せっている。幼子がガラス戸に顔を近づけて母を呼ぶ。たぶん大した用ではない。甘えたいのだろう。ガラス戸一枚の隔たりに子と病む母の微妙な陰影がある。「海にゆきし子はかへりきて畳の上を泳ぐさましして我にみせたり」（同、昭和七年十月号）も心に沁みる。

（『岡井弘・華子歌集』平成十二年刊行）

17日

五年待て自由をやると言ひしかど測りてをらむわれの気力を　黒木三千代

口調からして相手は男性である。会社の上司かもしれないが、ここは夫だと読みたい。家族、とりわけ夫婦は、政治の最小単位なんだと思う。ときに、一国の政治より難しい。妻は、夫からの解放を訴える。夫は、妻を必要としている。五年という条件を提示する。随分、先の話だが、ぎりぎり現実感のある期間設定である。そのころには妻の気力も萎えるだろうと計算している。狡い。自由の獲得にはエネルギーが必要なのだ。

(『クウェート』平成六年刊行)

18日

目を閉じれば螺旋《らせん》が見える　わたしの名をつけたのはちちははどっち?　もりまりこ

DNAの二重螺旋を思い浮かべてもいいだろう。あるいは、もっと抽象的に、時間と空間が巻き込まれてゆくような感じ。生の根源へ遡行するイメージである。そうすると、上句全体は比喩として下句を覆う。ふと、自分の名前をつけたのはだれかと思う。父親か母親か。今までそれを知らなかったことが思われる。聞きそびれてしまったのだ。もう聞くことはないかもしれない。人生の始めにそっと背中を押したのは誰だったたか。

(『ゼロ・ゼロ・ゼロ』平成十一年刊行)

19日

額より吸はるるやうに空を見るおまへのなかに階段がある　小島ゆかり

母が子を見ている。子は無心に空を見ている。空に何かがあるわけではなく、ただ、ただ、見ているのだ。無垢な姿である。だから、何かに吸われているように思われたのだ。母はなお、子を見つめる。そうすると、それは受け身の姿ではないことに気づく。子の中に空に向かってゆく階段が見えたのだ。それは未来に続く生命の道筋のようなものである。本来だれにでもあるものなのだろう。それを見つけたのである。

（『ヘブライ暦』平成八年刊行）

20日

ガラス越しに手を振り合える母と子のいよいよ遠き水泳教室　松村由利子

年中泳げる室内プールである。男の子だ。少しずつ筋肉が付いて精悍になってゆく。成長が手に取るように分かる場所だ。しかし、それはガラス越しなのである。手を振ったりしても、何かもどかしい。成長してゆく子どもは、やがて母から離れてゆく。「いよいよ遠き」を理解するには、離婚という背景を踏まえた方がよいだろう。作者は当時、新聞記者。月に一度、新幹線で子に会いにゆく母なのであった。

（『鳥女』平成十七年刊行）

21日

手塚治虫の描《えが》く未来にあくがれてあくがれ首都高速路《しゅとこう》すべる父はや

和嶋勝利

首都高というと『惑星ソラリス』を思い出す。未来都市として現実の首都高が撮影に使われた。複雑に交差する道路は、まさにSFの世界だった。手塚治虫の『鉄腕アトム』の描いた未来とも重なる。ちなみに『鉄腕アトム』の連載開始は昭和二十七年。首都高の開通は昭和三十七年。未来は十年後にやってきた。アトムは、作者の父の世代のヒーローだったのだ。「すべる」あたり、どこか少年っぽい父親像である。

（『風都市』平成十二年刊行）

22日

薄雲に入れる白月ひとり打つ碁のいつしらに亡き父と打つ

春日井建

美しい歌である。現代短歌でありながら、和歌に通じる気品がある。白月は多義的だ。亡くなった父の面影であり、また、白月は自ずと黒月を想起させる。つまり、碁石の比喩でもある。イメージが緩やかに重なりながら、父への思いを引き出してくる。いつのまにか、亡き父と対話するかのように碁を打っているのだ。碁にしろ将棋にしろ、父と息子を繋ぐ極上の遊戯である。電子ゲームの時代は砂のように虚しい。

（『青葦』昭和五十九年刊行）

5月

23日

目玉焼きはひとつ？　ふたつ？　と聞いてをり寝間着の中でまたたける子に　川野里子

この明るさはなんだ。やさしいママが歌うように言う。アメリカのホームドラマを見ているようだ。片面のみを焼いた目玉焼きをサニー・サイド・アップというが、そんな朝日に照らされている子ども部屋。子どもは瞬きをしている。もうちょっと眠っていたいのか。ああ、つかのま、つかのまの幸せなのである。歌集には「あかねさす学校は刃《は》の上にあり笑ふ子もきらり泣く子もきらり」という歌も。そんな場所が君を待っている。

（『太陽の壺』平成十四年刊行）

24日

美も醜もへだてなくいま活き活きと顔の真中《まなか》に生えてゐる鼻　加藤聡明

「父の死の周辺」一連より。死に向かう父の顔と読むべきだろう。父の命が燃焼している。それは美しくもあり、醜くもある。生命は全てを呑み込むのだ。その象徴として鼻が途方もない存在感をもって迫ってくる。「生えてゐる」が強烈だ。息子として精一杯、父を見詰めている。一連は「風が押しよせて来るのだ　ホホイ父よいま暫《しばらく》は天《そら》へ帰るな」と結ばれている。

（『雲★NEBULA』平成八年刊行）

25日

家中でただひとり犬を「さん」付けで呼びいし祖母のあとを犬逝く　久山倫代

「タロウさん」などと呼んでいたのである（実際には「ツキ」というらしい）。こういうお祖母さん、どこかにいたなと思う。いや、実在のお祖母さんではない。小説か、映画か、そんな品のいいお祖母さんが私たちの記憶の片隅にいる。家族のように犬を慈しんでいたのである。そのお祖母さんが亡くなって、犬も死んだ。後を追うようにと言ってしまうとつまらないが、自然な移ろいとして読むと味わい深い。

（『弱弯の月』平成十七年刊行）

26日

十姉妹かまぼこ板を墓にしてわが家の庭に浅く埋めたり　岩井謙一

ジュウシマツは大勢で仲がよい。羽の色も豊富で賑やかな印象がある。まさに十姉妹である。飼い鳥は、子どもに生と死を教える。岩井家の十姉妹の死は「アラビアの戦争の死者見えざれど十姉妹の死吾子の手にあり」と歌われた。報道は死者を隠す。死に実感がない。十姉妹の死には手触りがあるのだ。かまぼこ板の墓が心に沁みる。浅く埋めたというのも哀切である。土が重くないようにという優しさなんだろう。

（『揮発』平成十九年刊行）

27日

ああ母はとつぜん消えてゆきたれど一生なんて青虫にもある　渡辺松男

母の死を歌う。これほど大らかな挽歌は、かつてなかった。「消えて」に注目したい。母は素粒子となって飛散してゆくかのようだ。下句に驚くのだが、ここに到るまでの悲しみの深さは計り知れない。青虫は、宇宙の数限りない生命の一つである。そして、宇宙の中で生命は等価なのである。そう思うとき、不思議と安らぎさえ覚えるのだ。挽歌というカテゴリーを超えてゆく生命讃歌なのである。

（『泡宇宙の蛙』平成十一年刊行）

28日

永遠に子は陸つづきあかねさす半島としておまえを抱く　俵　万智

『サラダ記念日』の刊行は、一九八七年。現代短歌史の上では、フェミニズム短歌の潮流の後に登場した。ひしひしと女性の生き方を問いかけた短歌を無化したと当時は受けとめられた。しかし、それから二十年、最も鮮やかに女性の生き方を貫き、作品としたのは、俵万智その人だったのである。半島という暗喩によって美しい母性の像が広がっている。父の不在を背景に、生への執着ともいえる濃密な母子の有りようを歌ったのである。

（『プーさんの鼻』平成十七年刊行）

29日

露に満ち甘きにほひをたつるさへ果実はゆかしみどりごの眼に　小野茂樹

年譜を読むと、昭和四十四年一月、長女綾子誕生とある。そして翌四十五年五月、交通事故で作者は亡くなった。これは歌集巻末の一首である。水滴がいっぱいついた果実。甘い匂いが広がっている。嬰児はそんな果実に心ひかれ見詰めている。今は、果実のみずみずしさと匂いを感受するのみである。まだ自ら嚙って味わうことはない。それは未知の幸いである。作者がわが娘に遺した美しいメッセージだ。

（『黄金記憶』昭和四十六年刊行）

30日

母が愛するわが黒髪と襟足を君にゆるせばかなしく二十歳《はたち》　鈴木英子

静かな調べである。こういう慎ましやかな歌は、もう現代短歌には帰って来ないのかもしれない。性愛のときである。黒髪は『万葉集』以来、現代まで歌われ続けた。女性の象徴として、多くは恋の情緒を帯びてきたのである。この歌は、黒髪に襟足と柔らかくエロスを重ねている。奔放な自我の讃美ではない。母への深い思いが告げられている。母の愛と君への愛が濃く交差している。二十歳の歌として記憶したい。

（『水薫る家族』昭和六十年刊行）

5月

31日

印強く捺して離せば家の名は濡れ濡れとあはきにほひを放つ　矢部雅之

「矢部」の印を捺すのである。「家の名」が重い。離婚届の枠は緑色である。そこに筆圧の弱い妻の字があるのだろう。草のようにそよいでいる。男は力を込めて真っ赤な印を捺す。用紙が凹む。そして離す。そのつかのま、結婚生活の歳月が過ぎったはずだ。何だったのだろう。朱肉の朱は、まだ乾いていない。その匂いは苦いだろう。

（『友達ニ出会フノハ良イ事』平成十五年刊行）

六月

1日

社交家の名に矛盾せぬ気の塞ぎ父にしありてわれもまた継ぐ　島田幸典

社交的な人ほど肥満が多いという説を聞いたことがある。一方、心配性の人ほど痩せ型であるという。そうだろうなと思う。島田説は、社交家というのは心配ごとが多く、気分が晴れないものなのだという。うん、そうだ。社交家とは他者とのコミュニケーションが上手な人物なのである。繊細さが必要だ。気が塞ぐことも多かろう。作者は父の背中を見てきた。父の苦悩も知っている。そして誇りを持って父の気質を継ぐのである。

（『no news』平成十四年刊行）

2日

あつらえし夫の背広を取りに行く車窓を渡るはつなつの風　江村彩

季節感が心地よい歌である。「はつなつ」という言葉には明るい爽快感がある。オーダーメイドの背広。サマースーツだ。休日に夫と二人で買い求めたのだろう。今日は出来上がったスーツを取りに行く。二人での買い物もいいが、今日は一人。ちょっとした解放感を楽しむ。風が渡るという様子からすると、たぶん電車の車窓だろう。駅に止まったときだろうか。すがすがしい風を感じたのである。

（『空を映して』平成十六年刊行）

6月

3日

なほ露のひかる朝の野の道を往診に行く父の鞄を下げて　大河原惇行

朝を「あした」と読むと調子が出てくる。四句めは「往診に行く父の」まで十音で読んでみたい。「父の」が低く響いてくるだろう。歌集を読むと父は鍼灸師であることが分かる。父の入院のため作者は大学を休学した。父の仕事を継ぐ形になったのだろう。仕事が父と息子を貫く。「父の鞄」には、人生と釣り合う程の重みがあるのだ。上句の情景は晴れやかで清新である。青年の輝く眼が見えてくるようだ。

（『夏山』昭和五十三年刊行）

4日

幾億のゆすら梅の実熟す時子はぬるく我が膝にもたれん　小川佳世子

ゆすら梅の実は甘酸っぱい。桜桃に似ている。「幾億の」とは無限大である。空間も時間も気が遠くなる感じだ。おぼろげな風景が広がってくる。そこに自分と子がいる。膝にもたれる子は生温かい。が、上句の圧倒的な風景の中では、子の輪廓も朦朧として、ただ体温のみが伝わってくるのだ。ここで歌われているのは子の幻像である。日常にはいない。無限の彼方を想うとき、ほのかに感じられる存在なのである。

（『水が見ていた』平成十九年刊行）

5日

歳月は餐をつくして病むもののかたへに季節《とき》の花を置きたり　中山　明

「母病むといふことを」一連より。ここでいう歳月とは、人為を超えた天上的な何かである。「餐をつくして」には、あらゆるものを摂取してというニュアンスを読みとりたい。歳月は、病む母の傍らに季節の花を置いたというのである。これはお見舞いの花ではない。もう少し大らかな自然の営みである。一連に「高層の病棟から下界をみる。人がいる、花が咲いている」という詞書きがある。街路樹の花を思い浮かべるといいだろう。

（『愛の挨拶』平成元年刊行）

6日

しのばれむ日ありと知らず死なむ日のちかきもしらず笑みてありけり　石井直三郎

大正十三年の作品である。「兄の次女死せる時その写真に」という一連の中の歌。「四つならぶをさなき顔のなかの一つはや世になしときけばかなしも」という歌もある。四人子どもがいたのである。あるいは、弟である作者の子をも交えての写真かもしれない。写真館で撮ったものだろう。幼子が自分の死を思うことはない。いや、まだ〈死〉ということさえ知らないのだろう。ただ、無邪気に微笑んでいる。あわれというほかない。

（『青樹』昭和六年刊行）

7日

桃の木を逆さにおりてくる蝸牛まぼろしのわが子が右手を伸ばす　日高堯子

女性にとって我が子の不在は、重い主題である。それを詩情豊かに形象化した作品だ。中国では、桃の木に再生と豊饒のイメージを込め、結婚の象徴としているという。そういうことを踏まえなくても、桃は豊かで性的な像を醸し出す。そういう桃の木を逆さに降りてくる蝸牛は、不毛への道筋を暗示するのだろう。緩やかな動きである。降りてくる蝸牛と我が子が伸ばす手。その手は僅かに届かないだろう。

（『牡鹿の角の』平成四年刊行）

8日

「母さん」と庭に呼ばれぬ青葉濃き頃はわたしも呼びたきものを　佐伯裕子

母親であり娘である。人生にはそんな時期がある。おおよそ、母親であることを優先するものだ。日常は役割に満ちている。今「母さん」と呼ばれた。ふと、その声が少女期の感性を呼び覚ましたのだろう。普段は胸の奥深くにある言葉。でも、本当は「母さん」と思いっきり呼んでみたいのだ。まして、青葉の頃である。その瑞々しさが若い情動を喚起する。「母さん」という声が、身の内に、外に響き渡る。

（『あした、また』平成六年刊行）

9日

父とわれ稀になごみて頒《わか》ち讀む新聞のすみの海底地震　塚本邦雄

この父と息子の葛藤は凄まじい。「稀に」が痛烈だ。日常は敵意と苛立ちに満ちている。今は、束の間の安息である。休日の朝だろう。新聞を分け合って読む二人。たまたま、そこに海底地震の記事があった。大いなる力が新聞の片隅に凝縮されている。微妙な緊張を感じる。二人は、海底地震のように深いところで揺れ続けているのだ。絶妙なメタファーである。日常の光景が暗転する。それは父と息子の激震の予兆である。

（『水銀傳説』昭和三十六年刊行）

10日

雨の日の母子《ははこ》の遊びさびしくてわが描《か》く花を子は塗りつぶす　春畑　茜

母と幼子の一日である。雨はずっと降っている。二人は家の中に閉ざされている。夢濃いような薄いような空間である。遊びといっても、なにかぼんやりしている。満たさ中になっているわけではない。さびしさは、どこからともなくやって来る。満たされた時間であるはずなのに。母は花の輪郭を描いてやる。子どもはクレヨンかなにかで色を塗る。いや、塗りつぶすというのだ。このニュアンスに少し怖さを感じるのである。

（『きつね日和』平成十八年刊行）

11日

児を寝かせたどりゆく闇　うちかけのパソコンの灯がぽううと吐息す　日置俊次

一九九〇年代後半以降、パソコンは急速に普及した。とりわけ家庭に浸透し、インターネットの環境と相俟って、パソコンは外部とのコミュニケーションの場になった。その分、家族と語らう時間は減ったのである。この父は優しい。子どもが眠るまで隣にいてやったのである。そっと部屋を離れて、闇の中をパソコンの前に戻る。研究論文の続きだろうか。パソコンの淡い灯りが吐息のように感じられたのだ。少し疲れたよ。

（『ノートル・ダムの椅子』平成十七年刊行）

12日

叔母さんの人生それは言葉より譜面に記すべきものでした　天野慶

叔母さん。歌の気分から想像すると、お母さんの妹だと思う。叔母さんにしろ、叔父さんにしろ、どこか素敵に見える。子どもの頃にそう感じた人は多いだろう。少し距離があるからかもしれない。生活感がないということ。この歌の叔母さんは、とびきり素敵だ。譜面の音符のように華やかで飛び跳ねている人生。ただ、過去形で語られているのが寂しい。若くして世を去ったのかもしれない。私の好きだった叔母さん。

（『短歌のキブン』平成十五年刊行）

13日

独り身の鳩の一羽が眠りおり独り身なるは何ゆえならん　浜名理香

恋人がいても、独り身。いなくても、独り身。親兄弟と暮らしていても、独り身。独身って意外にいろいろだ。一羽の鳩が眠っている。鳩はどこで眠っているのだろう。鳩の巣じゃないだろうな。独り身と感じさせるのだから、その鳩は思いがけないところに眠っているのだろう。あわれを感じたのである。何故独り身なのだろう。答えようもない。それは、自分自身に向けられた呟きでもある。下句の韻律がどこか寂しい。

（『風の小走り』平成十四年刊行）

14日

足裏に母の名黒く記されて新生児室に吾子眠りをり　久葉堯

生まれてきた元気な赤ちゃんは、新生児室に連れていかれる。お母さんは出産の疲れを癒やし、病院は効率よく赤ちゃんを世話できる。赤ちゃんにとってみれば、独り静かに過ごしていた日々が終り、いきなり、やけに明るい場所で、よその赤ちゃんたちと集団生活を送るわけだ。油性のサインペンか何かで足の裏に母の名前が記されている。勤めが終って駆けつけたお父さんは「あ、俺の子」と喜ぶ。ガラス越しの平和な世界である。

（『海上銀河』昭和六十二年刊行）

15日

濁《だく》音《おん》を二字にかぞへし電文もて父の生誕を祝ひし昔　岡井　隆

学生の頃か、あるいはもっと後かもしれないが、郷里の父に誕生祝いの電報を打ったのである。手紙ではいろいろ書かなくてはいけない。やはり電文の短さと様式性がいいのだ。濁音を二字に数えるという発見は、直接モチーフには関わらない。が、ありありと濁点が見える。あの太々とした二つの点。ここまで描写することで、この「濁音」が父への苦い思いの喩となり得た。父の死に際して詠まれた歌である。

（『禁忌と好色』昭和五十七年刊行）

16日

安き玩具《おもちゃ》に足らへるらしき子をつれて真昼こみあへるバスに乗り居り　岡井　弘

初出は「アララギ」昭和六年十一月号。斎藤茂吉選である。父と一緒にいて、おもちゃがあれば満足である。子どもはいつの時代も、そういうものだろう。買ってもらったばかりの玩具と読みたい。休日だ。わざわざバスに乗って行ったのだから駄菓子屋ではない。百貨店だろう。作者は名古屋に住んでいたから、たぶん松坂屋である。デパートは、夢に満ちた別世界であった。昭和の家族の風景だ。

（『岡井弘・華子歌集』平成十二年刊行）

17日

親《おや》は子《こ》知《し》らず、子《こ》は親《おや》しらぬ浪枕《なみまくら》、荒磯《ありそ》にとまる汽車《きしや》はさびしも　尾山篤二郎

新潟県に親不知・子不知の海岸がある。絶壁が続く難所である。この作品は平頼盛夫人の「親知らず子はこの浦の波枕越路の磯のあわと消えゆく」を踏まえている。波に攫われた愛児を悲しんで詠んだ歌である。地名の由来と言われている。作者は、古歌に親と子の窮極の景を見たのである。下句は北陸本線の実景である。波しぶきに濡れる汽車が見えてくる。荒涼とした風景で上句の心象を受け止めている。

（『さすらひ』大正二年刊行）

18日

わが笑めば幼児も笑むわがこころ幼児の心に感ずるものか　矢代東村

歌集に前田夕暮が序文を寄せている。「彼はニヒリストで、／ヱナメルのやうに光つて、／早いテムポで、／ぐんぐんと道を歩いてゐる」と、東村を語る。東村は、大正元年、夕暮の白日社に入り「都会詩人」の筆名で「詩歌」に作品を発表した。引用歌は歌集最尾の作品。振幅の大きい歌集だが、天真爛漫な世界で締め括った。幼子にまみえて私の心は澄みわたる。その心が幼児に通った喜びを歌った。その幼児は、夕暮の長男、透君である。

（『一隅より』昭和六年刊行）

19日

紫陽花の芯まっくらにわれの頭に咲きしが母の顔となり消ゆ　寺山修司

紫陽花の芯は深い暗闇である。そういう暗黒を孕む紫陽花が頭の中に咲く。それが一瞬、母の顔となって消えた。紫陽花の色と相俟って病的な像として映る。あるいは射精の感覚ではあるまいか。この歌は「血」という連作の「第三楽章」にある。母への思慕が性愛に際どく傾いてゆく。一連にある「剃刀を水に沈めて洗いおり血縁はわれをもちて絶たれむ」が情動の底にある。行き場のない性が母に逆流してゆく。

（『血と麦』昭和三十七年刊行）

20日

夜すすり泣くのみの母　幼子が冷蔵庫のかげにうずくまる　加藤英彦

ここには暴力が過ぎ去った余韻がある。その圧力で撓んでしまった母と幼子。母のすすり泣きは、無力と無抵抗を思わせる。幼子はもとよりそうだ。うずくまる幼子は痛ましい。泣くことすらできない。情緒の荒廃を暗示している。ここに暴力の主体はいない。それが父であることは容易に想像できる。家庭内暴力という閉じられたシーンが、今、読者に曝されている。

（『スサノオの泣き虫』平成十八年刊行）

21日

もし君が家族だったら毎日を分け合うだろう冷たいミルク　佐藤りえ

何でもないような「家族だったら」という仮定が、やさしく切なく拡がってゆく。家族と言うとき、この歌は夫であるきみを想い描いている。でも、ここで夫と言ってしまったら、何かが壊れてしまうのだ。弟、兄、父、祖父、いろいろ可能性はあるが、やっぱり、夫なのだろう。ぼんやりした家族という感触がほのかに温かい。毎日分け合う冷たいミルク。それは、家族の食卓以外にはないものだ。

（『フラジャイル』平成十五年刊行）

22日

帰宅拒否症のをとこが立明かし夜明け前電柱に変身　田中浩一

登校拒否症、出社拒否症、外出拒否症。何処へも行きたくない。気持ちは分かる。帰宅拒否症は、その逆だ。家に帰りたくない。帰宅拒否症の子どもってあまり聞かない。お父さんが罹るのだ。飲みに行ったり、パチンコをしたりするのだが、そのうち閉店。行き場がなくなる。家の近くまで行くが、やっぱり駄目。立ちつくす。そして夜明け前、奇跡が起きる。お父さんは電柱に変身。永遠に帰宅することはない。

（『原罪進行形』平成九年刊行）

23日

祖父《おほちち》はわれ呼びたまふ　巨大象《マンモス》の骨くぐりたるいつかしきこゑ　江畑　實

ダイナミックな歌である。正に骨太だ。立体的な造形が魅力的である。祖父の呼び声が厳しく響いた。ふと、遥か彼方から聞こえてきたように感じられたのである。マンモスの骨組みは、あたかもタイムトンネルのようだ。「くぐりたる」が巧い。肋骨あたりを想像させる。途轍もなく長い時間をうねるように超えてくるイメージである。自分の存在が、祖父から一気に何百万年も前の生命に繋がる。

（『檸檬列島』昭和五十九年刊行）

24日

合歓の花ねむれる紅《こう》のいろ深く　母は一生もの書かぬ詩人　渋谷祐子

合歓の木は、夜になると葉を閉じる。あたかも眠るようなのでそういう名前が付いた。長い糸状のおしべの紅も夢のように美しい。この上句のイメージが、母に重なってゆくのだ。静かで可憐な母である。そして、母は詩人であるという。一生なにも書くことのない詩人。発する言葉が即ち詩なのだろう。あるいは、存在そのものが詩であるのか。歌人である娘にしか語り得ない母親像である。

（『青金骨法』平成十九年刊行）

25日

動くものすべてうれしく子はわれのペンとくちびる交互にさわる　畑　彩子

まだ赤ん坊である。甘くなりがちな母と子の歌であるが、この作品はクールである。クールでいて温かい。ペンは動いている。ママは何かものを書いているのだ。抱っこをした状態なのだろう。ペンにもくちびるにも手が届くのだ。好奇心未満の本能的な反応だろうが、無垢な喜びが伝わってくる。「交互にさわる」も巧い。硬くて冷たいもの、温かくて柔らかいもの。その質感を楽しんでいるのかもしれない。

（『卵 egg』平成十八年刊行）

26日

色あせし写真にうつるをさな子は母なりわれをまだ知らぬ母　松尾祥子

一枚の写真があって、そこにいるのは幼い頃の母である。何だか不思議な感じがする。時間が巻き戻されてゆくようだ。私を産んだこと。結婚したこと。恋をしたこと。そんなもろもろの出来事がみんな消えてゆく。未来の邂逅は約束されているのだろうか。この写真の母は、ひょっとしたら私を産まないかもしれない。ただ、こっちを見ているだけだ。だから、私のことをまだ知らないと言ってみたくなる。私はここで待っている。

（『風の馬』平成十二年刊行）

27日

臓物《モツ》を煮る湯気のむこうに家族いて誰もが笑い物を食《は》みおり　谷岡亜紀

香港に滞在した日々の一シーンである。観光旅行ではない。アジアの混沌に身を曝すことで、日本をそして自分自身の本質を嚙み当てるための旅である。しかも自分を「侵略者の末裔」と見なしているのだ。モツ煮の湯気の向こうにいるのはアジアの家族である。逞しく今を生きている。生きることと食べることは同義だと言わんばかりである。ふと、お笑い番組を見ながら食事をする日本の家族を想う。彼らは心底笑っているのか。

（『香港 雨の都』平成九年刊行）

28日

車窓より見ゆるわが家をわか草の妻と決めたる汝に教へき　本田一弘

「わか草の」は枕詞で、妻にかかっている。若草の柔らかさ、瑞々しさが妻のイメージに重なるのだ。車窓から見える風景の色合いにも繋がる。歌集では、この歌の次に「あの光る川のむかうにわか草の妻が生まれし村見えて来ぬ」という作品がある。どうやら自動車の旅のようだ。妻の故郷に向かう途中で、自分の実家が見えたということだろう。これから家族となる二人。お互いの家を知ることで、絆は深まる。

（『銀の鶴』平成十二年刊行）

29日

なんだねえ子供みたいに　背をたたく母しゃっくりはまだとまらない　北川草子

母と娘の空間である。しゃっくりをする娘。幼くて可愛らしいしゃっくりなのだ。母は、昔を思い出したのだろう。あのころのままだ。子どもはいつまでも子ども。「なんだねえ」の口調が温かい。（しょうがないねえ）という感じで背中をたたく。時間が緩やかに昔と今を行ったり来たりする。北川草子は、三十歳の若さで世を去った。翌年、同人誌「かばん」の仲間が中心となって遺歌集を刊行したのである。

（『シチュー鍋の天使』平成十三年刊行）

30日

母さんの香水にただ酔いながらただ酔いながら三者面談　河野麻沙希

『校門だっしゅ』は、女子高校生を主人公にした歌集である。思春期という鬱陶しい宝物が煌めいている。著者は、刊行当時二十代の青年。小説や漫画であれば当たり前のことだが、短歌というジャンルでは特異な試みである。この歌は、むしろ作者自身の回想のように思える。先生と母と自分が向き合う。勉強のこと進路のことを話し合う間も母の香水にうっとりしてしまう。まさに思春期の男子の感覚である。

（『校門だっしゅ』平成十四年刊行）

七月

1日

山羊小屋に山羊の瞳のひそけきを我《あ》に見せしめし若き父はや　大辻隆弘

若い父というのは、なにか健気な感じである。男性から見れば、己の未熟さを知っている分、なおさらそうなのだろう。父は幼い私を山羊小屋に連れていった。私の背後に立って「ほら、ごらん」とでも言ったのだろう。私の記憶に刻まれたのは山羊の瞳であった。「ひそけき」から無垢な生命の像が浮かんでくる。生け贄としての山羊のイメージを感じてもよいだろう。少し謎めいた秘儀のような父の行為であった。

（『水廊』平成元年刊行）

2日

夜は首の汗疣《あせも》に薬を塗りてやる隠れてふたりになりし安らぎ　金井秋彦

「吾にのみ示す頬笑みを憎しみてその夫は病むきみを擲《う》ちつづけきぬ」とも歌われている。魂の切実な結びつきの果てに、一人の女性が子どもたちを残して青年のもとに奔った。金井秋彦二十五歳、山田はま子三十九歳であった。そうして得た安らぎだったのである。上句が細やかな愛情を描写している。心も体も安らいでいる。金井は、子を棄てた母の苦しみを共に背負う。それは青春の喪失を意味していた。

（『禾本草原』昭和三十二年刊行）

7月

3日

気胸日の妹は早くねてしまい水なきままにパン食い終る　吉田　漱

終戦後である。「妹」という一連の中の歌。生きる望みがなくなったと泣く妹と、荒れる父、そして私が登場する。気胸日とは気胸療法を受けた日のことだろう。肺結核の治療法の一つである。当時、結核は国民病と怖れられた。妹の絶望も分かる。妹は帰宅して早く寝てしまった。パンのみの夕食である。「水なきままに」と言うが、パンと水があればそれでよしという生活も窺える。病と貧しさが家族を圧迫していた時代である。

（『青い壁画』昭和三十一年刊行）

4日

家出すべき家族《いえ》もたざれば何より出でん暑き夏より出できても夏　光栄堯夫

家があって家族がある。家族がいなければ、家を出たところで、家出とは言わないのだ。なるほどそうである。誰も何も言わない。しかし、そうであっても、人には家出をしたいという欲求があるのだ。日常の諸事を断ち切りたい。現在までの自分を抹消したい。そう思うのだ。が、独り身の者は家出ができない。このどうしようもない閉塞感に苛まれるのだ。何から逃れたらよいのか。どこまで行っても夏の街なのである。

（『現場不在証明』平成四年刊行）

5日

ひだり手をひざに冷や麦食むさまの父に似てをり　相席を乞ふ　松本典子

短篇小説のような味わいのある作品である。お店が混んでいる。どこか席はないか見渡す。ふと、ある人の姿が目に留まる。冷や麦を食べる様子が亡き父と似ているのだ。「こちら、よろしいでしょうか」といった感じで相席をお願いしたのである。女性が男性に相席を頼むのは、ちょっと勇気のいることかもしれない。でも、この懐かしさに抗うことは出来ない。一字開けの呼吸が絶妙である。父への思いが凝縮されている。

（『いびつな果実』平成十五年刊行）

6日

縁日の宵は硝子の目を持ちてにせものの弟の手を引く　尾崎まゆみ

にせもの？　どんな弟だろう。弟と偽って、近所の子どもを連れてきたのかもしれない。あるいは、精巧なレプリカントか。どう想像してもいい。縁日だから、どこかぎこちない動きをする機械仕掛けの弟が相応しいように思う。上句の「硝子の目」が巧い。このイメージに導かれるから「にせもの」に奇妙な迫真性があるのだ。縁日の家族は幸せである。華やかな灯りに硝子の目が輝く。縁日は半ば夢の世界であった。

（『微熱海域』平成五年刊行）

7日

倚り合いて子の七夕の話きくひとときの平和まもり難しも　前田　透

妻とふたり、子の七夕の話を聞く。楽しかった七夕の会のことだろうか。あるいは、どこかで覚えた織姫星と彦星の物語を話しているのだろう。家族の幸せなひとときである。しかし、こういうささやかな平和も守り難いという。「おさなごの生命まもりて倚り合える小家族また死の灰の下」とも歌われている。核実験の脅威が現実のものとなっているのだ。七夕と死の灰という暗澹とした世界が背後にある。

（『断章』昭和三十二年刊行）

8日

君の言う家庭の匂いはどんな匂い歯医者の椅子に寝ねて思えり　梅内美華子

これから家庭を築いてゆく二人である。あるとき君が「家庭の匂い」と言った。ふと、その言葉が思い出されたのである。なるほど、恋人の空間に匂いはない。匂いは家庭のものだ。定番というと、味噌汁の匂い。ご飯の炊ける匂いもいい。漬け物の匂い、トーストの匂い、いろいろあるだろう。そんな家庭の匂いを思い巡らすことも楽しいのだ。歯医者の椅子で処置を待つひとときである。そんなところで思いは湧くものだ。

（『火太郎』平成十五年刊行）

9日

ファミリーがレスってわけか　真夜中のファミレスにいる常連客は　枡野浩一

ファミリーレストランは、文字通り家族連れの客層に対応したレストランである。老若男女の嗜好をカバーしている。二十四時間営業も当たり前。考えてみれば、深夜食事に来る家族というのは余りない。若者たちや独身者の溜まり場になるのは必定であった。この歌は、ずばり「ファミリーがレス」と核心を突く。痛烈なアイロニーである。家族不在の光景が拡がる。常連客は、長い長い夜を家庭的なメニューで過ごすのだ。

（『ますの。』平成十一年刊行）

10日

海辺《かいへん》の下宿に兄と過ごしたる三年はもはや陰画《ネガ》となりつつ　阪森郁代

兄への挽歌である。海辺の下宿というだけで様々な想念が湧き起こる。たぶん、学生時代なのだろう。兄と妹が家族から離れて、下宿している。窓から海が見える。この世の果てのようでもある。青春の行き場のない、やるせない感じが伝わってくる。その三年は、もはや陰画《ネガ》となりつつある。明暗や色調が現実とは逆なのだ。追憶の画像は、どこか薄暗い。

（『ナイルブルー』平成十五年刊行）

11日

母ノーシン龍角散は父のものおはようおはよう朝の食卓　坪内稔典

脳が新しくなったようにすっきり頭痛が治る。だからノーシンというらしい。世のお母さんたちの夢である。一方、龍角散は、江戸時代からの薬。名前は、龍骨、龍脳、鹿角霜が使われたことに由来する。お父さんの薬としておこう。こういった商品名がすっと入ってくるところが稔典さんらしい。下句もちょっとCMっぽい。お母さんもお父さんも朝から具合が悪いのか。歌のリズムも何かやけっぱちだ。不機嫌なニッポンの朝である。

（『豆ごはんまで』平成十二年刊行）

12日

投石の波紋かさなり合うように母から譲り受けたさびしさ　吉村実紀恵

石を投げる。波紋が拡がる。もう一つ、投げてみる。上句のイメージが比喩として下句を覆う。母から譲り受けたものを思うこと。そして、母にあるさびしさを知ること。母への眼差しはやさしい。母が分かるということは自分が分かることでもある。上句に戻ると、かさなり合うのは、母と娘のさびしさであるように読める。世界という水面がある。一つめの石は母。二つめは私だった。

（『異邦人』平成十三年刊行）

13日

祖父の襁褓替えて思えり赤茶けし茂吉歌集の紙魚香ること　棚木恒寿

学生時代の歌である。作者は数学を学んでいた。そして、孫として祖父の介護をする現実があった。襁褓を替えながら思うのは、斎藤茂吉の歌集。襁褓から生理的に古びた本の紙魚の匂いを思ったのである。色彩の連想から、茂吉の中でも『赤光』が相応しいように思う。それは作者にとって未知の混沌とした世界だったはずだ。憧憬の対象といってもよい。茂吉の歌集によって眼前の現実に耐えたのだ。

（『天の腕』平成十八年刊行）

14日

老人たちの群に父母も混じりゐて停留所に黒きバスが近づく　松平修文

停留所でバスを待っている人々を遠くから眺めている。その中に父母もいる。二人も若くはないだろう。老人たちに紛れている。黒いバスが不穏で、彼らを何処かへ連れ去ってゆくのだ。この歌は、塚本邦雄の「青年の群に少女らまじりゆき烈風のなかの撓める硝子」を踏まえているのだろう。塚本の鮮やかな官能の世界に対して、松平はぼんやりとしたモノクロの世界を提示している。死の気配が漂っている。

（『夢死』平成七年刊行）

7月

15日

歯みがきのチューブ最後の最後まで使うはいつも我が妻なりき　久松洋一

歯みがきの出が悪いときほど苛立つ瞬間はない。とりわけ、ビジネスマンの朝はそうだ。ぎりぎりのところで朝食をとり、身支度をしているのだ。なぜ、新しい歯みがきチューブに取り替えておかない！　節約の二文字が妻の顔とともに浮かぶ。「最後の最後まで」というわけだから、かなり徹底しているのだ。チューブを半分に切って隅から隅まで使うのが賢い妻である。作者は国文学者久松潜一の孫。生命保険会社に勤務する日々を歌った。

（『ビジネス・ダイアリー』平成六年刊行）

16日

さあコイン消しますか僕を消しますかと手品する子は掌《て》を泳がせる　栗木京子

手品の口上であるが、なかなか気の利いたセリフだ。江戸川乱歩の世界を思わせる。大がかりなトリックでもありそうな。コインね、ふんふんというように高を括っていたのかもしれない。しかし「僕を消しますか」には、ヒヤリとしただろう。それは内深く眠っていた怖れであり禁忌であった。「僕」がコインと同じように扱われているから無気味なのである。目の前で泳ぐ掌に、母は翻弄されている。

（『万葉の月』平成十一年刊行）

17日

父を生き夫を生き管理職を生き僅かにわれを生き時間は　瀧　本多　稜

第二歌集『游子』は、縦横無尽の世界旅行記で爽快というほかない。中には海外出張も含まれていようが、それにしても、ふくらはぎをアシカに嚙まれた話や、ガンガーで泳ぐシーンなど、今これほど奔放に生きている男がいるのかと驚く。この歌は、父であり、夫であり、会社では管理職という雁字搦めの自画像を描く。時間は瀧のように落ちてゆき戻るはずもない。だからこそ、自分自身を生きた眩い旅人の時間を歌うのである。

（『游子』平成十九年刊行）

18日

親と子と寂しきときは蚊帳ぬちに枕並べて寝て語り居り　島木赤彦

大正二年七月、子の眼病の治療のため、赤彦と子は夜汽車で上京した。「病院」一連である。「親心おろおろするも坐りゐて額の汗を拭きてやれども」と父の真情が歌われている。その夜、都内の旅館に泊まったのだろう。蚊帳の中で静かなひとときを過ごす。子が辛い目にあったとき、親はどうしようもなく寂しい。ましてや自分の力の及ばない病のことである。下句はさりげないが、父と子のこの上なく親密な様子が伝わってくる。

（『切火』大正四年刊行）

19日

垂乳根の母が釣りたる青蚊帳をすがしといねつたるみたれども　長塚　節

節は、喉頭結核の診断を受けた後、婚約者黒田てる子との縁を断った。かえって思いは募るが、結末は厳然とした離別であった。懊悩を紛らわすため退院して帰郷したのである。母は青蚊帳を吊ってくれた。老いて屈まった母のすることであるから蚊帳は弛むのである。それが哀れで涙ぐましい。母の深い慈愛に包まれながら清々しい思いで眠りについたのである。母への思いは甘美でさえある。それに救われる。

（『長塚節歌集』大正六年刊行）

20日

手花火は柳となれりその刹那われの死ぬ日を子は尋ねをり　坂井修一

線香花火である。点火すると、先端に玉ができて、火花が激しく飛び散る。やがて、火花が落ち着いてくると流麗な柳となる。庭先で玩具の花火を囲む家族の姿はやさしい。花火が柳のようになった瞬間、子は尋ねる。「お父さんはいつ死ぬの？」と。まだ、死に実感がないのだろう。死が悲しいことは、うっすらと分かっているのかもしれない。無邪気とは言いきれない何かを感じる。幼い子どもに芽生えた闇を歌ったのである。

（『ジャックの種子』平成十一年刊行）

21日

血を頒けしわれらのうへに花火果て手探りあへり闇のゆたかさ　小池　光

「故郷」一連より。血族という言葉がある。濃密な繋がりであり、人の運命を思わせるが、日常では余り意識しない。帰郷して、改めて血縁を思ったのである。「われら」なのだ。打ち上げ花火を見上げる。花火の後には闇が残る。ふと、お互いが見えなくなり、闇の中で何かを探る。お互いの存在を確かめ合うような感じだろう。そんな心持ちになったとき、闇に豊かさを見出したのである。闇とは血族の根源のようなものなのだ。

（『バルサの翼』昭和五十三年刊行）

22日

父さんの強い両手につかまってかわりばんこにばた足もやる　山形裕子

私は、小学生ぐらいだろう。追憶の歌であることは何となく分かる。歌集では「日華事変の頃」という章にあるから、昭和十年代のことである。神戸の東明《とうみょう》の浜に海水浴に行ったときの歌である。時代背景を考えると、どうしても戦争の影が歌を覆ってくるのだが、いつの時代にもある家族の夏なのである。妹と交代で父の両手に摑まる。父の力は強く頼もしい。ばた足の水しぶきが見えてくる。

（『ぼっかぶり』平成十八年刊行）

23日

ははそはの母の話にまじる蟬　帽子のゴムをかむのはおよし　東　直子

夏休みに帰省した場面だろう。親子水入らずの時間である。こういうとき、まずは親の話に耳を傾けるとよいのだ。話したいことは自分の方がいっぱいあるのだけれど。「ははそはの」は「母」にかかる枕詞。やさしい音感だ。この古風な言葉が故郷の情緒に相応しい。もう一人、登場人物がいる。自分の子どもである。帽子のゴムを嚙むのは癖だろうか。落ち着かない様子である。思わず叱ってやる。家族のゆったりした時間が過ぎてゆく。

（『春原さんのリコーダー』平成八年刊行）

24日

亡父《ちち》にかくはればれとせる笑ひなく　老人チーム子供チームに勝てり　米川千嘉子

子どもたちと老人ホームを訪問したときの歌である。老人と子どもがゲートボールを競ったのだ。結果は言うまでもない。日頃鍛えた精鋭老人チームの勝ち。子どもたちと遊び、そして自らの力を確かめた。これほど嬉しいことはあるまい。大笑いである。ふと亡き父が思われた。父の笑いはどんなだっただろう。穏やかに微笑むだけの父親が思われる。晴れやかな笑いのない一生。それは確かに父の一面だった。

（『一葉の井戸』平成十三年刊行）

25日

夕映えの部屋でしずかに燃えている母の小さき老眼鏡は　小島なお

部屋は茹だるように暑い。机の上に母の小さな老眼鏡が置いてある。夕日に老眼鏡は照り輝いている。あたかも燃えているようだというふうに解釈するのが普通だ。しかし、どうも実際に燃えているという幻影が浮かんでくる。老眼鏡が燃えている。おそらく、余分なことは何も言っていないから「燃えている」をそのまま受けとることができるのだろう。「しずかに」にも微妙なリアリティーがある。母の不在が印象的な歌である。

（『乱反射』平成十九年刊行）

26日

子の口に歯の抜けし穴ひとつありてその歯はわれの抽出しに在り　小島ゆかり

抜けた乳歯はどうするか。昔は、下の歯はえいっと屋根に投げ、上の歯は縁の下に放った。懐かしい光景だ。最近では、トゥースケースというものに入れて仕舞っておくことも多いらしい。日本の住宅事情によるものか。あるいは欧米文化の影響か。この作品は、乳歯の抜けた穴を歌ったところが卓抜。小さな痛々しい穴である。その歯はいつの日か子に渡されるのだろうか。歯一本もおろそかにしない母の愛である。

（『獅子座流星群』平成十年刊行）

27日

無精髭が消えた夫におじぎしてすれちがう午後　雲わきあがる　小林久美子

何かよそよそしいなと思うわけだが、歌の舞台はブラジルである。何となく分かる気がしてくる。夫婦で三年間、サンパウロ市で暮らした。作者は地元の日本語の新聞社に勤めた。ある日、街で綺麗に髭を剃った夫に出くわしたのである。まあ、と声をかけることもない。私はおじぎをするだけである。二人は自由な異邦人なのだ。一緒に暮らしているけれど、ある時は世界の何処かですれ違う。そんな関係だ。ブラジルの大きな夏雲が輝く。

（『ピラルク』平成十年刊行）

28日

おとうとと渡る渓底石まるく素足のわれらわらひあひつつ　上村典子

歌は場から逃れることはできない。そして、歌は場に生かされる。姉と弟の歌である。幼い頃の夏休みの回想だろう。素足の二人は無邪気に笑う。川が流れている。「石まるく」の感触がやさしく懐かしい。本当に仲のよい姉弟だ。この作品は、弟に自らの腎臓を移植する手術を歌った一連の中にある。これほど切実で強い結びつきがあるだろうか。緊迫した現実の中で甦ったこの渓底の思い出は、切なく美しい。

（『貝母』平成十七年刊行）

29日

児のかけしえぷろんがはなつ乳の香のわが肉にしみて痛き夕ぐれ　今井邦子

「えぷろん」という語感は、大正の初め、新鮮だっただろう。朗らかな音であるが、歌は明るくない。この歌の次に「小さきえぷろん乳くさきえぷろん呪はれて子を生みし吾母となりし吾」という作品がある。ひどい絶望だが、何処か気まぐれな感じもするのだ。エプロンから乳の香りがする。自分の乳だ。それが自分の体に沁みてくることが耐えられない。ある種の自虐的な痛みなのである。この歌集では、著者名は旧姓の山田邦子。

（『片々』大正四年刊行）

30日

モルヒネの量ものすごきいもうとのこころ飛行《ひぎやう》す東京中を　池田はるみ

モルヒネの名前は、ギリシア神話に登場する夢の神モルペウスに因んでいる。夢の神のような優しさで痛みを和らげてくれるのだ。が、モルヒネを使う現場は優しくはない。この歌は、義理の妹に大量のモルヒネが投与されたときのもの。痛みとモルヒネの量は比例するのだ。それが厳しい。妹は幻覚を見たのだろう。自分の生きた東京の街を自由自在に飛んでいる。

（『ガーゼ』平成十二年刊行）

31日

たぶん母とかわす言葉は十円で終わると思う「元気だ　切るよ」　田中拓也

今の十代には、この歌の意味合いは分かりにくいと思う。「十円って何？」という感じだろう。公衆電話である。この歌は「葡萄畑」という一連にあって、大学の説話研究会の調査者として山形県へ来ている場面。既にテレホンカードはあったわけだが、やはりこの十円硬貨に味わいがある。テレカに対応していない旧式の公衆電話なのだ。元気なときは「元気だ」の一言で済む。家族とはそういうものだ。

（『夏引』平成十二年刊行）

八月

1日

其子等に捕へられむと母が魂《たま》螢と成りて夜を来たるらし

窪田空穂

「妻の生家」一連より。大正六年の春、空穂は妻を亡くした。遺された子を信濃の妻の両親に託したのである。その夏、空穂も信濃に行き、子と再会したのであった。夜、子どもたちと螢を見にゆく。中には、こちらに向かって飛んでくる螢もあった。それは母の魂ではあるまいか。螢となって子どもらに捕らえられようとやって来たのだと思う。美しい精一杯の姿である。亡き妻の思いを哀切に歌った。

(『土を眺めて』大正七年刊行)

2日

をさなごは畳《たたみ》のうへに立《た》ちて居《を》りこの稚兒《をさなご》は立《た》ちそめにけり

斎藤茂吉

大正六年作。人類の普遍的な光景である。そして、この作品は幼子が初めて立ったと歌っているだけである。にもかかわらず、心に沁みてくる歌である。上句では、幼子が畳に立っている姿をそのまま描写している。つまり、ふと茂吉が見ると、幼子はもうそこに立っていたのだ。ほんの短い間があって、父茂吉は歓喜する。下句である。おお、幼子は初めて立ったのだ。この心の動きに詩がある。幼子は長男茂太である。

(『あらたま』大正十年刊行)

3日

グローブのように日焼けをした父が壁に浮き出ている日曜日　玲　はる名

これはホラー映画だろうか。娘が詠んだ父としては異様である。「グローブのように」という直喩は巧い。グローブの褐色であり、少し皺のある質感も織り込んで、日焼けをした父の顔や肩が想像できる。また、実際に野球が好きだった父の思い出も込められているのだろう。四句目にたまげる。幻覚か。日曜なのに、もう父は家にはいないのだ。そんな寂しさが感じられる。

(『たった今覚えたものを』平成十三年刊行)

4日

妹よ　西武デパートの屋上にドラえもんしかなかった夏よ　岡崎裕美子

かつてデパートの屋上には遊園地があった。休日は家族でデパートに出かけ、買い物をして食事をする。それから屋上で遊ぶ。屋上に観覧車があるデパートもあった。西武は新世代の百貨店。「不思議、大好き。」「おいしい生活。」といったコピーがその性格を語っている。この歌に家族揃ってという雰囲気はない。姉妹が駆けつけた屋上には、ドラえもんがあっただけ。がらんとした奇妙に明るい風景である。そこは夢の跡だったのだ。

(『発芽』平成十七年刊行)

5日

追憶のもつとも明るきひとつにてま夏弟のドルフィンキック　今野寿美

簡明で、彫像のように美しい歌だ。少年の逞しい肉体が迫ってくる。この作品に描写らしい描写はない。モーションは何もないのだ。「ドルフィンキック」一語の像喚起力が全てである。結句の七音に言葉が充ち、躍動している。言葉自体が肉体となっているのだ。そうすると、初句から抽象的な言葉が続き、周到に結句に賭けていることが分かる。姉は弟の眩しい姿をプールサイドで見ていた。あの夏、初めて弟に憧憬を感じたのである。

（『花絆』昭和五十六年刊行）

6日

22んが4と誘ひかくれば三歳の孫はいやだと反抗をせり　松坂弘

九九は呪文に似ている。ともかく、まずは丸暗記するのである。しかし「インイチガイチ、インニガニ……」とくると、何か禍々しい。暗い響きだ。三歳の幼児に九九はちょっと早いか。お祖父さんに言われても、ちんぷんかんぷんで嫌々をするのである。もちろん、お祖父さんに悪意はないのだが「22んが4」は「二人が死」を思わせる。死を誘うのだ。「三歳」という言葉には、その誘いを無効にする朗らかな響きがある。

（『今なら間に合ふ』平成十一年刊行）

7日

金こそはただ一つの味方なりと、／子の前に、父よ、／かなしくも、諭《さと》したまひし。　西村陽吉

陽吉は、東雲堂書店の店主西村寅次郎の養子となり、経営に携わる。石川啄木『一握の砂』、北原白秋『桐の花』、若山牧水『別離』、斎藤茂吉『赤光』など近代珠玉の歌集を出版した。この作品の父は、養父だろう。養子に経営の哲学を伝授したのである。文学とは相容れ難いが、冷厳な現実として受け止めたのだ。「かなしくも」に養父への人間的な共感が読み取れる。陽吉は、自らの歌集出版に際して「現実の生活」を中心理念に据えた。

（『都市居住者』大正五年刊行）

8日

空のほかわれには見えぬ窓に寄り母は川ある景色を話す　冬道麻子

窓の方を見る。ベッドに横たわっていると見えるのは空だけである。草はらも電信柱も人々の姿も見えない。看護の母は窓辺に寄り、外界のことを話してくれる。川はこの小世界から、ささやかな夢を乗せてどこかへ流れてゆく。「口もとに聴きとる母の耳が寄る呼吸のなかにまだある声に」とも歌われている。呼吸よりも儚い声なのだ。病の重さが思われる。病名は筋ジストロフィーである。冬道麻子は高安国世に師事した。

（『森の向こう』昭和六十三年刊行）

9日

まぶた閉ざしやりたる兄をかたはらに兄が残しし粥をすすりき　竹山　広

昭和二十年八月九日、竹山広は長崎市の浦上第一病院入院中に被爆した。歌集では「血だるまとなりて縋りつく看護婦を曳きずり走る暗き廊下を」と詠まれている。翌日、竹山は、上半身火傷で皮膚の剝がれた兄に会った。闇の中で兄は息を引き取る。瞼を閉ざしてやるのだ。ここで歌を終えることもできた。竹山は深みに踏み込む。兄の死屍の傍らで兄が食べ残した粥をすする。生き抜くことである。ここまで歌いきったことが凄まじいのだ。

（『とこしへの川』昭和五十六年刊行）

10日

墓地移転それを機会にわが父はご先祖様にまぎれてしまつた　黒崎あかね

墓地は家族が先祖と出会う場所である。墓地移転の手続きを改葬という。改葬には役所への提出書類が多数必要で、例えば「改葬許可申請書」では死亡者の本籍から埋葬又は火葬の場所等々記載事項は多い。しかも遺骨一体について一枚の申請書が必要であるから大変である。この歌は実感なのだ。改葬の過程で愛しい父がご先祖様の一員となったのである。その寂しさを少しドライに歌っている。墓地は遠くに行ってしまったのだろうか。

（『草原の椅子』平成十七年刊行）

11日

女なれば夫《つま》も我が子もことごとく身を飾るべき珠と思ひぬ　片山広子

ドラマに出てきそうな、つまりいかにもありそうな富裕層の夫人という感じである。戯画めいてくる。いや、率直に自らの内面を吐露したのだろう。「女なれば」というのが自己正当化であり、そこに妙な生真面目さがあるのだ。しかし、自分の方が夫から宝飾だと思われていることに気づいていない。作者は外交官の長女として生まれ、夫は後の日銀理事。自らはアイルランド文学の翻訳でも業績を残した。

（『翡翠』大正五年刊行）

12日

ちちははの墓のうしろに方代の名前も彫りて朱を入れている　山崎方代

なにか晴れやかな歌である。ハ行の音が穏やかに響く。墓の後ろに建てた人の名を刻むのである。朱の文字は墓を建てた人が生きていることを表す。歌集には「七覚《しちかく》の石の川原にくだり来て父と母との墓石を掘る」という歌もある。手作りの墓を思わせる。生涯妻子をもたなかった方代である。父母の墓に己の名前を彫ることに大きな安堵があっただろう。

（『右左口』昭和四十八年刊行）

13日

おのが身に銃弾受けしことばかり断片ばかり父の戦争　中野昭子

終戦から時が流れた。太平洋戦争に従軍した兵士も皆、高齢者である。いずれ、戦争といっても、どの戦争を指すのか分からなくなるときが来る。娘が従軍した父の話を聞く。小さいときから、ずっと聞かされてきたのだろう。父の話は、被弾したところでクライマックスを迎えるのだ。「断片ばかり」とは辛口である。戦争全体が見えていないというのだろう。一兵士の戦争とはそういうものだ。

（『夏桜』平成十九年刊行）

14日

義姉となるはずなりし手と朝焼けが洗わむか空の兄の柩を　平井弘

太平洋戦争を背景としている。「機首のめりゆかせて兄の浮かべいし眼に既にわが這入りてゆけず」とも歌われている。兄は戦闘機で自爆したのである。それが「空の兄の柩」と歌われたのだ。遺されたのは、兄の恋人である。私にとっても義姉という関係が失われたのである。柩を洗う手と朝焼けは実に美しいイメージだ。この兄は虚構であることが明らかになり、当時、議論を巻き起こした。義姉はますます美しく思える。

（『顔をあげる』昭和三十六年刊行）

8月

15日

あなたは勝つものとおもつてゐましたかと老いたる妻のさびしげにいふ　土岐善麿

昭和二十一年の作品。ある朝の食卓である。老いた妻が寂しげに言う。だからこそ胸に刺さったのである。善麿は、読売新聞、朝日新聞に勤めた新聞人である。戦前は反戦の立場にあったが、戦時は戦勝を願うようになっていった。時代を生きる男性の象徴と言える。妻には夫ほど時代を把握する術はなかった。ただ日々の生活を重ねてきたのである。しかし、その生活からの声が戦時の男を、戦争を鋭く問いかけたのだ。

（『夏草』昭和二十一年刊行）

16日

朝日撮りに出かけていったの、兄／そういえばあなたも立ちあがる気配　林あまり

海か山かと想像する。日常的な場所ではないと思う。海辺が似合うような気がする。兄がいて、恋人がいる。もちろん、恋人は傍らにいる。三人で泊まって兄は別室。ずいぶん開放的な家族である。兄はカメラマンだろう。朝日を撮りにいったことは分かる。まだあたりは暗い。あなたも立ち上がって、兄の後を追いかけてゆく。何かが動き出す微妙な気分を歌った。

（『ＭＡＲＳ☆ＡＮＧＥＬ』昭和六十一年刊行）

17日

祖母《おほはは》の皺ふかき手に割りくれしカステラのまぶしさを忘れず　目黒哲朗

幼心に、祖母が二人いることがどうもよく分からない。家族は不思議だ。夏になると、両方の祖母に会いに行く。もちろん二人とも、とてもよくしてくれるのだ。追憶の中の祖母は柔らかい光に包まれている。カステラを割ってくれたのだから、私はまだ二、三歳だっただろう。じっと眼の前を見ているのだ。祖母の皺の手がクローズアップされる。その手が割るカステラの黄色が眩しい。やさしく生を照らし続ける。

（『CANNABIS《カナビス》』平成十二年刊行）

18日

いいと言うのに駅のホームに立っていて俺を見送る俺とその妻　奥田亡羊

「十一年勤めた仕事を辞め、離婚し、榛名山麓に移り住んだ」と歌集のあとがきに記されている。これは、妻と別れておよそ一年後の歌。今も、自分と妻は一緒に住んでいる。幻影である。俺は、二人に会いに行って「や、ひさしぶり。なんとかやってるよ。そっちはどう」と話すのだ。酒と話は尽きない。「あ、もうこんな時間か」とか言って、俺は俺の居場所に帰るのである。見送りに来た二人が微笑んでいる。

（『亡羊』平成十九年刊行）

19日

その夜　地上ではいつものやうに電光にまみれて憩ふ家族らありき　坂野信彦

人類最後の日というと、おおよそ核戦争か、隕石の衝突といったイメージだった。それらのリスクが無くなったわけではないが、今は、地球温暖化のような緩慢な滅亡がリアルである。通常の生産活動つまり普通に生きてゆくことが破滅に繋がるというのは怖ろしい。歌集では核戦争が暗示されている。が、今の時点から読むと「電光にまみれて」は、エネルギー浪費の像とも解釈できる。かつて地球には普通に暮らす家族があったのである。

（『かつて地球に』昭和六十三年刊行）

20日

一角獣《ユニコーン》の頭骨に棲むふるき夢　だいぢやうぶパパがまもつてあげる　金川　宏

父親が眠っている子どもたちを見ている。これほど幸せを感じるときはない。パパというあたり自画像としては甘い感じだ。一角獣の頭骨に棲むのは闘いの夢か。恐怖から守ってあげるというのだろう。上句は、村上春樹『世界の終りとハードボイルド・ワンダーランド』からの引用。下句は、平井弘「男の子なるやさしさは紛れなくかしてごらんぼくが殺してあげる」の文体である。こういった引用に一九八〇年代のムードを感じる。

（『天球図譜』昭和六十三年刊行）

21日

後戻りすでにかなはぬ壮《さかり》坂《ざか》妻率て子率て月下渺々　佐藤通雅

作者四十代初めの歌。壮坂《さかりざか》は、造語だろう。壮年の壮である。ぐんぐん坂を上ってゆく力強さを感じる。後戻りは許されないから行くんだ、行かなくてはいけないという覚悟が感じられる。妻も子も束ねてゆくのである。滴る汗が見えるようだ。この歌は結句で転調する。昼ではなく夜だったのだ。月の光に照らされて果てしない荒涼とした風景が拡がる。壮年の先の見える場所に立ったのである。

（『アドレッセンス挽歌』昭和六十二年刊行）

22日

睦まじく暮らす母と子絵日記のやうなわが夢未遂にをはる　恒成美代子

絵日記というと夏休みである。小学生の宿題だ。海水浴の思い出とかをクレヨンや色鉛筆で描く。この歌は、そんなノスタルジックな絵日記を比喩にしている。楽しい家族の思い出が生き生きと綴られてゆく。そんな絵日記のような夢は未遂に終ったという。歌集のあとがきを読むと、九年前に夫と別れたことが分かる。息子も社会人になるという。独り立ちするのだ。母の夢は甘くそして儚かったのである。

（『夢の器』平成四年刊行）

23日

蟬くらく重く鳴く午後娘《こ》に初潮くる日もわれは知らずにいるか　松平盟子

夫と別れる。男女のことでは済まない。それが家族である。娘と息子は夫の新しい家族に組み込まれてゆく。再び会うことができるだろうか。いつか娘は初潮を迎える。それは、蟬が遠くで鳴いている午後だ。日差しの届かない部屋で、ひそやかにそのときは来る。娘をそっと見守っていてやりたい。母なら誰でもそう思う。それがもうかなわない。その日すら知らないで過ぎるのだ。母の哀しみを痛切に歌った。

（『プラチナ・ブルース』平成二年刊行）

24日

「おかえり」の声せぬ我が家に帰り来て「ただいま」の代わりにテレビをつける　黒岩剛仁

東京に住む青年の歌である。独り暮らしなのだろう。広告代理店で働く日々である。深夜の帰宅であることは容易に想像できる。この歌は終始無言で進行するが、青年の頭には「おかえり」「ただいま」という声がはっきりイメージされている。そうなのだ。この短い言葉こそ家族なのである。帰宅の気配がするとすぐさま「おかえり」の声が響く。ゆっくり「ただいま」と応えるのだ。その日を渇望しながら青年はテレビをつける。

（『天機』平成十四年刊行）

25日

けしごむを購ひやりしのみデパートにつづく地下駅に子と憩ひをり　田谷　鋭

昭和二十年代末の歌である。デパートはひときわ華やかな場であった。おそらく父と子は何か買いにいったのではない。休みの一日、遊び楽しむためにデパートにでかけたのである。玩具がある。絵本がある。が、「ひどい窮乏の中に陥ちこんだ」(歌集あとがき)状況である。しかし、何か子に買ってやりたいのである。消しゴムだった。そして、喫茶店に立ち寄ることもない。帰途の地下鉄の駅でしばし憩うのである。

(『乳鏡』昭和三十二年刊行)

26日

今は言かよはぬか母よこの月の給料《かね》は得て来て吾は持てるを　松倉米吉

米吉の母は夫の死後、上京して再婚した。十三歳の米吉は母を追って上京。米吉は金属鍍金工場で働き、その後、挽物職人となったのである。この歌は「母は死にたまふ」一連にある。母の死に際して子は何かを捧げようとする。花を見せたり、蛙の声を聞かせたりする。おおよそ自然の生命を象徴するものを捧げるのだ。米吉は今月の給料を示そうとした。何と切実で直接的であることか。哀しくてたまらない。

(『松倉米吉歌集』大正九年刊行)

27日

解凍の蛸食べ終へし母笑ふ父愛用の包丁錆びて　和田大象

欧米人は、殆ど蛸を食べない。蛸は悪魔の魚《デビルフィッシュ》と言われているほどだ。もともと蛸は地獄を象徴する怪物とされてきたのである。解凍の蛸とは禍々しい。悪魔の蘇生を思わせる。それを食べ終えて笑うのだから凄まじい母である。一方、父は弱々しい。錆びた包丁は、精力の減退の暗喩にほかならない。包丁は使えない。母は、手づかみで蛸を食べたのだろう。蛸の足をちぎる母はかなり怖い。

（『禊ぞ夏の』平成元年刊行）

28日

ふいに来た彫像のように妹のからだの線は強くととのう　安藤美保

妹を見る視線は驚異に満ちている。同性である。自分に迫り、自分を越えてゆくことへの怖れがあるのだろう。彫像という直喩がくきやかである。出しぬけに現れた彫像。それは無言で超越的である。いつのまにか女性としての身体を獲得した妹への思いが伝わってくる。『水の粒子』は遺歌集である。著者は不慮の事故のため、平成三年八月二十八日に永眠。享年二十四歳。いつまでも若いままの姉がいる。そんな妹のことを、ふと思った。

（『水の粒子』平成四年刊行）

29日

辛うじてつかまり立ちをしたる子の／打はやされて／だうと仆れぬ　石榑千亦

赤ん坊の発達で、つかまり立ちは大きなイベントである。つかまり立ちができるようになると視界が広がる。好奇心も刺激されるのだ。「打はやされて」に家族の喜びが溢れている。「だうと仆れぬ」姿にも皆微笑んだことだろう。石榑千亦は「心の花」創刊に参加して編集人になった。長く雑誌を支えたのである。また、帝国水難救済会の創立に参加。後、常務理事になった。古泉千樫ら歌人の就職の世話もした。

（『潮鳴』大正四年刊行）

30日

ひぐらしの声に充ちたるゆふぐれを現実《うつつ》の妻は髪洗ひをり　村木道彦

カナカナ、カナカナカナと澄んだ鳴き声が聞こえてくる。ゆったりした韻律である。その中で四句めだけが小刻みである。「つ」の音が耳につく。髪を洗う音が聞こえてきたのだ。作者は、現実《うつつ》ではない妻の姿を思い浮かべていたのだろう。『存在の夏』は『天唇』以来三十四年ぶりの歌集である。「するだろう　ぼくをすてたるものがたりマシュマロくちにほおばりながら」は、現代の青春歌の原点であった。

（『存在の夏』平成二十年刊行）

31日

扇風器たらひに入れて洗ひたる清しき日なり妻とわれとは　木俣　叡

扇風器の羽を洗うのである。汚れを洗い落としてから仕舞うのであろう。盥が巧い。扇風器を解体して羽を丸ごと洗う様子が伝わってくる。庭先だろう。じゃぶじゃぶといった感じだ。清々しい一日。暑かった夏ともおさらばである。老いた夫婦の情愛が滲んでいる。木俣叡は明治四十五年生まれ。「雲母」「ホトトギス」を経て短歌に移る。「歩道」の後「未来」に入会。岡井隆選歌欄で若い歌人たちと競い合った。昭和六十二年没。

（『余宗の太鼓』昭和六十三年刊行）

九月

1日

危ふ危ふ逃げよと呼びて飛出しし弟の後になだれ落つる瓦　植松寿樹

大正十二年九月一日、南関東を震源としてマグニチュード七・九の大地震が発生した。死者・行方不明者は十万五千人余。関東大震災である。近代日本を揺るがした大惨事に直面した歌人たちは戸惑いながらも歌に残した。ドキュメントとしての短歌と言えよう。この歌は臨場感がある。緊迫感のある叫び声と映像的な描写が注目される。「弟の後に」という遠近感が巧い。ここからどう歌を深化させるか。それは現代短歌の課題でもある。

（『光化門』昭和二年刊行）

2日

わが母《はは》となりたる人は去《さ》りにけりふたたび父《ちち》は独《ひとり》なるかも　高田浪吉

高田浪吉は、関東大震災で母と妹三人を喪った。この空洞の大きさは怖ろしいほどである。浪吉は如何に耐えたか。「母《はは》うへよ火なかにありて病める娘《こ》をいたはりかねてともに死にけむ」など「震災詠」として遺されたのである。父と母は出逢い、私は生まれた。一人の女性が妻となり母となったのである。その人は去り、父は再び独りになった。人間の運命の哀しさと不思議さに思い至る。

（『川波』昭和四年刊行）

3日

ハンバーガー包むみたいに紙おむつ替えれば庭にこおろぎが鳴く　吉川宏志

主夫という言葉は一九九〇年代に一般化した。家事や育児を担う夫のことである。これは二十代の若い父の歌。実は、主夫というわけではない。日常的な場面なのである。或る世代以上の男性にとっては驚くべき歌だろう。こんな姿を歌にするとは。紙おむつをハンバーガーの包装紙に喩えている。どこか楽しげな風情だ。結句に淡い幸福感がある。巧まずして新しい父親像を歌ったのである。

（『青蟬』平成七年刊行）

4日

そろそろと覚《さ》めてゆかむかこのわれは父の見し夢母の見しゆめ　小池純代

短歌辞典には「私性《わたくしせい》」という言葉がある。作者である私の現実が作品に反映される度合いが強ければ「私性が濃い」などと言う。近代短歌以降の批評の軸である。この歌は私の現実の諸々を濾過している。香り高い歌だ。〈われ〉は父と母が見た夢そのものであるという。二人の夢の交差したところに〈われ〉はある。夢が自ら覚めてゆく。それは〈われ〉の死なのである。

（『雅族』平成三年刊行）

5日

夜の皿あらいて部屋に引きあげる子の肩すこし広くなりしか　山下　泉

「少年」一連より。夕食の皿であろう。少年が自ら皿を洗う。しっかりしていると思うのである。おそらく皆、自分の皿を洗うのだろう。別々の時間に食べているのかもしれない。部屋に引きあげるあたりに少し孤独な少年の姿が窺える。母は子の後ろ姿を見ている。その肩幅に成長を感じているのだ。「家出せし友の泊まれる子の部屋のさわれぬ感じ、月に任せん」という歌も一連にある。現代の風景である。

（『光の引用』平成十七年刊行）

6日

家庭内歌人とは何？バスタブのふちに玩具のアヒル並べて　藤原龍一郎

歌人とは何か。この問いに凜として答えようとする。一生かけて答えを求め続ける。それが歌人である。「家庭内歌人とは」という問いには面食らう。なぜかおろおろしてしまうのである。誇りも吹っ飛んでしまう。言ってしまおう。家庭において歌人は無力なのである。家では書斎に閉じ籠もり、家族に貢献しない。「玩具のアヒル」に何とも言えないペーソスがある。それは行き場のない家庭内歌人の暗喩であった。

（『東京哀傷歌』平成四年刊行）

9月

7日

泣く力今はなくなり病める子の眼《まなこ》つぶらに吾を見るかも　木下利玄

「夏子に」一連より。利玄は、長男と二男を亡くしていた。夏子は長女。旅先で電報を受け取り、病院に駆け付けたのである。泣く力は命の証であった。命の灯が消えかかっている。幼い娘は静かに父を見上げるのであった。「妻の悲嘆は見るに堪へられなかつた。何故にかく人間の子供は育ち悪いであらうかと思はれた」と利玄は記す。三人の子の墓は東京の谷中に並ぶ。子どもの死は近代短歌の重いモチーフであった。

（『紅玉』大正八年刊行）

8日

病める児に添ひ臥しながら／張りいたむ乳房ゆ／乳をしぼりゐる妻。　石原純

大正七年の歌。赤児が病気になって乳を飲まない。乳房が張って困るので妻は乳を搾るのである。物悲しい姿をスケッチした。この頃、原阿佐緒との出逢いがあった。純は、東北帝国大学助教授のとき渡欧してアインシュタインに相対性原理を学んだ。大正八年には、帝国学士院より恩賜賞を受けた。大正十年、阿佐緒との恋愛がスキャンダルとして報道され、東北帝大教授を辞した。真っ直ぐに公私を生きたのである。

（『靉日』大正十一年刊行）

9日

置き馴れし箪笥のあとのしらしらとあまり明るき秋の日ざしか　新井　洸

「転居」という詞書きがある。まだ荷物は散らばったままだ。落ち着かない感じである。ふと見ると、箪笥の跡があった。「置き馴れし」が巧い。畳の色がそこだけ明るかったのだろう。箪笥の重みで少し窪んでいたのかもしれない。前に住んでいた家族のことが思われるのである。これから始まる新しい生活に明るい秋の日ざしが相応しい。新井洸は東京の日本橋に生まれた。帝国水難救済会では古泉千樫とともに働く。

（『微明』大正五年刊行）

10日

お清めの塩振りぬれば嬰児《おさなご》が這いきてズボンの塩を嘗めたり　江田浩司

日本人の慣習である「お清めの塩」だが、死後、浄土に行くという仏教の考えから、最近では塩を使わないケースも増えているようだ。この歌は「Sへのレクイエム」一連より。友人の死である。「お清めの塩」は死の儀式の象徴として歌われている。漆黒のズボンに塩が煌めいている夜だ。どこからか嬰児が這ってくる。嬰児は何か奇妙な生き物のようだ。嬰児の舌が塩を嘗める。生と死がきわどく触れあう。戦慄するシーンだ。

（『メランコリック・エンブリオ』平成八年刊行）

9月

11日

横ざまに臥《こや》せる獅子の大ふぐり吾子も見をりと思ふにかなしく　安田青風

「長男と京都に遊ぶ」一連より。昭和四年の作品。京都市動物園は、明治三十六年に開園した。日本で二番目にできた動物園である。ライオンが臥せっている。陰嚢が見える。長男の章生もそれを見ている。父としては百獣の王の姿を見せたかったのだろう。しかるに、この無防備な姿はなんだ。残念でならない。ところで、三年後の昭和七年、雄ライオンが脱走したため射殺されている。青風・章生が見たライオンだったかもしれない。

（『春鳥』昭和七年刊行）

12日

木曜は中国某市の町中の二人目の芽の摘まるる日なり　河路由佳

中国の一人っ子政策である。違反すると年収の何倍もの罰金を払うことになる。かなり厳しいものだ。両親とその祖父母つまり大人六人に子ども一人という形になってゆく。作者は、一年間、中国の西安に暮らした。木曜日は一斉に中絶の手術が行われるというのだ。計画の徹底がこの国らしい。寒々とした町が見えてくる。家族は国家の統制下にある。日本はと言えば、政策なしに一人っ子化が進んでいる。どうしたものか。

（『百年未来』平成十二年刊行）

13日

むっとして家をいでしが／あまりにも／青く澄みたる空なりしかな　渡辺順三

母と子が暮らす。貧しい生活である。「働けど――／働けどいつも貧しく／まことに母も養へぬ子は」という日々である。このころ渡辺順三は家具店で働いていた。石川啄木の歌に深く共感。啄木の歌を模倣した歌を作るようになったのである。母と口論でもしたのだろうか。家を出たが、空の青さに心が洗われたのである。平明だが沁みてくる歌である。『貧乏の歌』は、プロレタリア短歌の先駆的歌集である。

（『貧乏の歌』大正十三年刊行）

14日

貧しければ暗黙のうち死を待てる家族らも見て術はなかりき　山口智子

昭和二十年代である。作者は、大学病院に勤務。研究に励む日々の中の歌である。貧しさは一家族のことではない。戦後間もない日本の貧しさなのである。「暗黙」が重くのしかかる。貧困ゆえ適切な治療を頼めない。ただ病人の死を待つほかない家族たちの姿が見えてくる。それを見守る作者にも、どうすることもできない。先端の医療への志と現実との乖離を嘆くのである。

（『邂逅』昭和三十年刊行）

9月

15日

巨大なる棺桶ならむ居住区《コロニー》に冷えつつ孫の立体画像《ホログラム》待つ　大塚寅彦

「二〇二二年トラヒコ七十二歳」より。近未来の自分を想定した一連である。ここでは、看護機というロボットが巡回して女優のように尿をとってくれるのだ。歌集刊行の時点からすると四十四年後。かなり現実的なイメージとなった。孫の立体画像も十分あり得る。大きな棺桶のような空間に棲む。老人は隔離されているのだ。いや、その時代、七十二歳は老人なのだろうか。（『空とぶ女友達』平成元年刊行）

16日

それぞれに人は楽しめ我が妻にカリーといふもの一度食はしめむ　早川幾忠

「新宿小詠」一連より。人生の楽しみはいろいろ。自分はと言えば妻にカリーを一度食べさせてやりたいと思っている。妻の喜ぶ顔が見たいのだ。カレーは明治時代から日本に広まっていた。これはおそらく、新宿中村屋の「カリー」なのだろう。昭和二年、インド独立運動で活躍したラス・ビハリ・ボースの尽力で日本初の純印度式カリーが誕生した。一般のカレーの八倍の値段という高級料理だったのである。妻はきっと喜ぶ。（『紫塵集』昭和九年刊行）

17日

水色の毛糸を買へといふときに吾にもつ夢のありや老父　　富小路禎子

水色の毛糸でセーターでも編むといいというのだろう。父は、明るく闊達な娘の姿を思い描いている。買えと言うことで、娘の幸せは自分の心のなかにあることを告げているのだ。娘は問い返す。私に託す夢などあるのでしょうか。富小路子爵家当主の父は、敗戦後、社会的地位を失い、無力の人であった。一方、娘は生涯独身で暮らすことを思っていたのである。父と娘の淡い幸福と失意が交差した歌である。

（『未明のしらべ』昭和三十一年刊行）

18日

千日手さす夫と子に駒ひとつ通りすがりに動かしてやる　　香川ヒサ

将棋で時たまこういうことが起こる。両者が同じ手を繰り返す状態である。指し手を変えれば相手が有利になるから、同じ手を指すのだ。確かに千日手である。夫と子は膠着状態にある。そこへママが来て、駒をひとつ動かしてやる。通りすがりというのが軽々しい。「ああっ、なにを！」と男たちは叫ぶ。勝負が台無しだ。無論、男が正しいのだが、それで局面が打開できるか。駒をひとつ動かす機転が男にあれば、歴史は変わったはず。

（『テクネー』平成二年刊行）

19日

一本の蠟燭燃《も》やしつつ妻も吾《あ》も暗き泉を聴くごとくゐる　宮　柊二

暗闇で一本の蠟燭を灯している。妻も自分もじっとそれを見守っている。蠟燭は燃え続け、じりじりと微かな音が聞こえてくるのだ。眼を閉じる。蠟燭の音は、あたかも遠い泉のようである。傍らに妻がいる。今、二人は暗がりに湧く泉を聴くようにひっそりとここに居るのだ。これから戦いの後を生きてゆく。不安な日々である。泉は再生と浄化を象徴する。祈るような気持ちが滲んでいる。

（『小紺珠』昭和二十三年刊行）

20日

留守番電話は低き生前の声のまま合図の後に言えというなり　河野小百合

祖父の死後、まもなく詠まれた歌である。留守番電話の応答の声である。それが亡くなった人の声であれば、誰でも戸惑うだろう。生前の声というのは不思議である。死者の声として意識するからである。「合図の後に言え」が祖父のぶっきらぼうな性格を伝えている。実際にはどんな言葉が録音されていたのか。自ら留守電に吹き込んだこと。死後もそのままだったことを思うと、祖父は独り暮らしだったのだろう。

（『私をジャムにしたなら』平成八年刊行）

21日

月させる坂をころがり逃げゆきし母を捜しに車走らす　岡田衣代

介護の日々である。母が徘徊する。上句は美しい映像である。逃げてゆく母の純一な心がある。下句は一転して現実的である。結句に緊迫感がある。老人はなぜ徘徊するのか。いや、そもそも徘徊というべきなのか。「夕闇が迫る頃決まってもう一軒の幻の家を求めて帰りたいと訴えるようになりました」と歌集のあとがきに記されている。家を出る目的は、はっきりしているのだ。もう一つの家とは誰もが抱いているものではないか。

（『終章の夏』平成十三年刊行）

22日

ふたたびをふたりでたたかふ病室にまづは小さき時計を飾る　三井ゆき

夫の闘病に添うのである。「病室を広きに変へしを何と思ふさまざまの理由つくりて移る」という歌が続く。もう一度、もう一度だけ二人で病に立ちむかうのだ。心を尽くして病室を整えたい。まずは小さな時計が置かれた。「飾る」という言葉に哀切な思いがこもっている。それは夫の命の時間を刻むのだ。一分、一秒、かけがえのない時間なのである。夫は、歌人高瀬一誌である。

（『雉鳩』平成十五年刊行）

23日

シベリアとふパンのことふと言ひ出でて父はたちまち睡つてしまふ　渡　英子

シベリアパンとは、羊羹をカステラで挟んだお菓子である。シベリア地方のものではない。どちらかというと、松山のタルトのような南のお菓子である。羊羹が雪原を走るシベリア鉄道を思わせるなど名前の由来には諸説ある。晩年の父である。少年時代を思い出したのだろう。甘くてボリュームがある人気のお菓子だったのである。夢は駆け巡る。そこは極寒のシベリアの凍土かもしれない。シベリアの語感には、どこか死が香る。

（『みづを搬ぶ』平成十四年刊行）

24日

束縛のなき境涯とみづからの證《あかし》のごとく爪染めてをり　松田さえこ

歌集では、結婚生活の苦悩と離婚に到る心理が真正面から歌われている。昭和二十六年、結婚して松田姓となったのである。この歌は昭和三十一年の作品。離婚がまだ特別なことと見られていた時代である。束縛からの解放に、眩いマニキュアは相応しい。鮮やかな自己像である。「みづからの證」という意識が未来へと続いている。現在の筆名は尾崎左永子。

（『さるびあ街』昭和三十二年刊行）

25日

電話から母が息吸う音聞こえやっぱり四十歳《しじゅう》の吾も叱らる　古谷　円

おおどかな母である。この明るい雰囲気は何だろう。父と息子は、こんなふうになるだろうか。年をとるにつれて父と息子の関係は、難しくなるか薄くなるか、どちらかではないだろうか。母と娘は、いつまでもフランクで変わらない。そう感じさせる歌である。上句が巧い。母の雷が落ちる直前の様子が絶妙に描かれている。そして「やっぱり」に、なにか安堵感がある。幾つになっても娘であることの喜びが歌われているのだ。

(『千の家族』平成十九年刊行)

26日

子を乗せて木馬しづかに沈むときこの子さへ死ぬのかと思ひき　大辻隆弘

メリーゴーラウンドは遊園地の華である。楽しいシーンだ。おそらく、子どもは前の木馬に乗っていて、作者は後ろからその姿を眺めているのだろう。浮き上がった木馬は、静かに沈んでゆく。そのとき、ふと思う。こんな幼い子さえ死ぬのか。唐突な思いであった。この子にとって死は遥か未来のことだ。普段、そんなことは意識に上らない。木馬が沈んだ瞬間、不思議な裂け目が生まれて、遠い未来から死の影が差したのである。

(『抱擁韻』平成十年刊行)

27日

行き慣れた日暮れの道を河原まで　親父と一緒に煙草を止めて　植松大雄

親父と言い、お袋と呼ぶ。少し懐かしい感じさえする。短歌で親父という言葉は余り使われない。この形式に向かうと、どこか改まってしまうからだ。この歌では、親父というニュアンスがいい感じである。息子は、三十代。それぞれの理由で二人は煙草を止めたのだ。男同士、その辛さを分かちあうのである。上句、一人で河原まで歩いているのだろう。ふと、そんな親父のことが思い出されたのである。

（『鳥のない鳥籠』平成十二年刊行）

28日

わが部屋に籠れば隣る君の部屋に君は独りごち何書きいます　近藤とし子

夫婦ともに歌人である。それぞれ書斎があるのだ。個人の時間が流れる。それでいて、いつも隣の部屋にいる夫の様子を思うのである。独りごとを言いながら何を書いているのだろう。「います」という尊敬語に大正世代の夫婦の有りようが思われるのだ。夫、近藤芳美は、この頃「歌い来しかた」の執筆にあたっていた。日本の戦後史に対峙していたのである。聞こえてきたのは嘆声だったのかもしれない。

（『トレニアの秋』平成二年刊行）

29日

明るいところへ出れば傷ばかり安売りのグラスと父といふ男と　辰巳泰子

作者二十代初めの歌である。現代短歌において家族は綺麗事ではない生々しい現実として歌われてきた。その中でも一際、迫ってくる歌である。作者に不幸な娘を演じる気持ちは全くない。ただ目の前の父親をそのまま受けとめているだけだ。それにしても「安売りのグラス」という喩えは辛辣である。男の矜持は木っ端微塵である。それでいて嫌みはない。さっぱりしている。こういう歌人は辰巳泰子の前後に誰一人いない。

（『紅い花』平成元年刊行）

30日

子を宿しはじめしこのうえもなく清き淡き傾斜にわれは手触れぬ　小野寺幸男

身籠もった若い妻のお腹を見詰める。それは清らかで、まだ緩やかな輪廓なのである。おそらく作者は、跪いて妻のお腹を見ている。斜めから横から、飽くことなく見ていたのだろう。そしてそっと触れてみるのだ。新しい命を慈しむ若い父親の敬虔な姿がある。二句めの破調に喜びが溢れる。作者は、岡井隆を短歌の長兄、田井安曇を次兄と呼んだ。「未来」という短歌結社に深く関与した歌人である。

（『樹下仮眠』昭和五十五年刊行）

十月

1日

キッチンの青火のそばにうずくまるまだ産むことを選ばぬからだ　錦見映理子

「婚姻届」より。前後の歌には、婚姻届があり、引越があり、妻から妻へ渡される回覧板がある。結婚間もない頃の情景だろう。料理をしている。ガスコンロの火がついている。思わずうずくまったのだ。感情が荒れている。産むことに関わるのだろう。結婚しても、まだ産むことを選んではいない。その思いは単純ではない。深い愛ゆえ産まないということもあるのだろうか。

（『ガーデニア・ガーデン』平成十五年刊行）

2日

家出したわたしを待っている母のようなり車窓の薄のどれも　なみの亜子

家出というモチーフは私たちに親しい。作者の体験を超えて、読者は自分にもあったかもしれない情景として読むのである。誰もが十代、何かを内に押し込めながら生きていた。家出は朝。それはささやかな光だったのである。列車で遠い街に行く。どこまでもどこまでも薄が続いている。風で揺れる薄は、母の寂しい顔に見えたのだろう。母はきっと待っている。どこまで行っても、母の顔が見える。

（『鳴《メイ》』平成十八年刊行）

3日

芯削るモーターの音やさしくて傷つきやすき父と子の部屋　前　登志夫

作者は、心的な葛藤の末、父祖の地吉野に定住して、ようやく穏やかな山人《やまびと》としての日々を迎えることになる。三人の子どもにも恵まれた。家族のスケッチも軽みがあり、味わい深い。宵々に息子が部屋に入ってきて鉛筆を削る。電気鉛筆削機がごーっと優しい音を立てるのだ。ここは吉野の山中である。モーターの音は、遠い樹々と響きあう。傷つきやすい父と子は、その音に慰められているのだ。

（『縄文紀』昭和五十二年刊行）

4日

エレベーターボックスの中に子と二人わかれがたくてのぼり降りする　佐竹彌生

作者は、昭和五十八年、五十歳で亡くなった。『一文一歩夕星』は、遺稿として現代短歌文庫『佐竹彌生歌集』に収められている。死を前にした壮絶な歌群である。子が病院に見舞いに来た。ことによると今生の別れとなるかもしれない。帰る子を見送るため一階に降りる。二人は別れ難くて、また共に病室の階に昇るのだ。いくたびも繰り返す。悲痛な情景だ。ぎりぎりの絆である。

（『佐竹彌生歌集』平成八年刊行）

5日

夜すがら咳きやまぬ子の胸さするわれに似て肉うすきその胸　一ノ関忠人

病む子も父も哀しい。沁みてくる歌である。初句の四音に立ち止まってみる。「夜すがら」は溜息のようだ。五音の言葉を選ぶこともできただろう。意図的な破調である。この寂しげな音が「咳きやまぬ子」を覆っている。「われに似て」は親の普遍的な思いである。おおよそ弱いところが似るのだ。また、四句めと結句の境「肉・うすき」に微妙な屈折がある。そこはかとない哀しさを醸し出しているのだ。

（『べしみ』平成十三年刊行）

6日

隣室の鏡台を去るけはひして病む淋しさはしばしとぎれぬ　相良　宏

相良宏は、昭和三十年、心臓神経症のため三十歳で世を去った。掲出歌は「短歌研究」に掲載された遺稿「無花果のはて」より。自宅療養の日々である。父母と静かに暮らす。母は隣室で鏡台に向かっていた。立ち上がる気配を感じたのである。鋭敏だ。母の存在を思って、淋しさが途切れたのである。「尚遠く澄む紅を濃しとして紫雲英を摘みき幼かりにき」とも歌う。中井英夫に「草水晶のような」と評された世界である。

（『相良宏歌集』昭和三十一年刊行）

7日

男たることのさぶしも一枚のフレンチ・トースト子と焼きていて　三井　修

フレンチ・トースト、父と子とくれば、ダスティン・ホフマン主演『クレイマー、クレイマー』である。突如、妻から別れを告げられた男が、息子の分まで朝食を作ることに。仕事第一の父が無器用にフレンチ・トーストを焼くのだ。掲出歌に離婚協議という背景はない。そもそも男であることは寂しいのだと語っている。父親は、家庭と仕事の両立に苦しむ。火加減に気をつけないとフレンチ・トーストは、すぐ焦げてしまうのだ。

（『砂の詩学』平成四年刊行）

8日

持ち上げしジョッキの縁《ふち》に口当つるところにて醒むあああお母さん　石田比呂志

かつて岡井隆は「短歌が支えたと同時に短歌がめちゃめちゃにした人生」と、石田比呂志のことを語った。それは岡井自身のことでもあった。無頼派石田比呂志が胃癌切除の手術を受けた。術後の歌である。ともあれ終ったのだ。ジョッキのビールを飲もうとする。率直な欲望である。そこで目が醒めた。結句の子どものような叫び。唐突である。飄々と手術を受けたが、ここにきて怖れと安堵が押し寄せてきたのだ。

（『春灯』平成十六年刊行）

9日

トレーラーに千個の南瓜と妻を積み霧に濡れつつ野をもどりきぬ　時田則雄

北海道の南瓜の収穫は秋。デンプン質が多いため、ホクホクで甘いのである。春には「二万株の南瓜に水をそそぐ妻麦藁帽を風にそよがせ」といった歌がある。二万株、千個といった数字に現実の手応えがあるのだ。どちらの歌も、妻がいることで生き生きとしている。厳しい労働であろうに、不思議と笑顔が見えてくるのだ。大地があり、家族がいて、収穫がある。直截である。都会に棲む歌人の自然詠という発想を大笑いせよ。

（『北方論』昭和五十六年刊行）

10日

亡父《ちち》に似るひとがわが前歩み居てときをり幹に手など触れゆく　蒔田さくら子

女性にとっての父ということを思う。父を憎んで成長してゆく女性と、父を愛してやまない女性。その二つのタイプに分かれるだろう。女性と父親の愛憎は、男性と母親のそれよりも深いように思われる。亡父の後ろ姿を追い求める作者がいる。男の後をずっとついてゆくのだ。街路樹が続く。仏蘭西映画のように美しい光景である。男はときおり幹に手を触れる。そのとき、父は幻影ではなく、生々しい存在として迫ってくるのだ。

（『紺紙金泥』昭和五十六年刊行）

11日

ふかぶかと息ととのへるまるき背を腕につつめば血はまだ動く　小黒世茂

姉は眠っていた。「茶の花に蜂の顫音《せんおん》　モルヒネに姉はひねもす童女の眠り」とも歌われている。その姿は安らかだが、モルヒネが使われるようになると病状はかなり悪いと思うのである。今、姉はベッドで上半身を起こしている。息が苦しいのだ。自ずと背は丸まる。その背を腕で包んでやると、思いがけず血の流れを感じたのだ。「まだ動く」と最期を迎える命の儚い力を実感したのである。

（『猿女』平成十六年刊行）

12日

友の子とわが子と分けて一本のミルク飲むさまを妻と見ほるる　中野菊夫

太平洋戦争後の歌。家に友人の子どもが遊びに来たのだ。夫婦の前に幼子が二人いる。二人で仲良く一本のミルクを飲む。ごくごくと飲み、壜を手渡す。そしてもう一人が、ごくごくと飲む。ああ、いいね。子どもたちは。ようやくやってきた平和な日々である。子どもたちは、こうやって朗らかに生きてゆく。中野菊夫は、戦後、新歌人集団の結成に参加。生活の実感を大切にしつつ、現実への批判精神をもった歌人である。

（『幼子』昭和二十四年刊行）

13日

ひとり遊びになれつつ子ろは土寒き壕の口より空みてをりぬ　福田栄一

昭和十九年の作品。アメリカ軍による空襲が現実のものとなり、各所に防空壕が作られた。歌集では「槻の木と椿のあひの壕をみぬこれがいのちを托《たく》すてだてか」とも詠まれている。防空壕は自分の家の庭に作られたのである。爆弾の直撃に耐えられるものではなかった。時局が厳しくなると、子どもたちもあちこち出かけることは難しくなる。一人で防空壕に籠もって遊んでいるのだ。そこから見えるのは青空か。

（『この花に及かず』昭和二十三年刊行）

14日

文学がつひに悲しく眠る夜半熱持つ吾と並び寝る妻　小暮政次

昭和二十一年の作品。「文学がつひに悲しく」という思いは深い。それは、短歌を選んだ自らの人生そのものである。戦後の重圧に直面しているのだ。また、この時期、相沢正の遺歌を筆写してもいた。相沢正は「アララギ」の俊英であったが、中国で戦病死した。作者自らの中国での従軍の日々も重ねて思われただろう。そして今、隣で眠る妻は、相沢正の妹なのである。文学を孕む人生の悲しみに耐えて行くのである。

（『春望』昭和二十三年刊行）

15日

暫くを三間《みま》打抜きて七人の児等が遊ぶに家湧きかへる　伊藤左千夫

明治四十一年作。茅場町の左千夫宅には牧舎があった。乳牛は生活の糧である。ほかに茶室もあり、渾然とした左千夫の生を表している。母屋の南側には、八畳二間と四畳半の部屋があったという。三間を開け放つとかなり広い。七人の子どもが駆け巡るとそれはそれは賑やかである。生活は厳しいが、子どもたちの遊ぶ姿に心は和む。子に救われる人生である。

(『左千夫歌集』大正九年刊行)

16日

さしのべし妻が掌《てのひら》握りたり母となりたる掌《て》のあたたかさ　来嶋靖生

「長男、九カ月にて生る。危く生命を保つ」という詞書きがある。「心音の弱まりゆくを警《いまし》めてすみやかに厚き手当たまひき」と緊迫した状況が歌われている。ようやく危機を乗り越えて、妻は個室に戻ってきたのである。妻は掌《てのひら》を差し伸べる。夫は万感を込めて握るのだ。光が差してくるような場面である。妻は母となったのだ。その掌《て》は温かく、今、新しい命を産んだ喜びに溢れている。

(『月』昭和五十一年刊行)

17日

おばあちゃんの笑顔はおもひだせなくてすこし砂糖のかかつたトマト　山崎郁子

トマトに砂糖とは諸説あるようで、東北ではそうするとか、イタリア人はそうだとか、今一つはっきりしない。デザート感覚で、なかなか美味しいらしい。まあ試してみればよいことだ。おばあちゃんはいつも笑顔だった。でも、表情までは思い出せない。微妙な記憶である。おばあちゃんの家に行くと、きっといつも砂糖のかかったトマトが出てきたのだろう。おばあちゃんは美味しいおやつを用意してくれるものだ。

（『麒麟の休日』（平成二年刊行）

18日

夜は妻と食す一羽のとらつぐみ、くちつぐみつつ額つき寄せ　西王燦

虎鶫は、スズメ目ツグミ科の鳥。体長は約三十センチである。体は黄色っぽくて、黒い斑点がある。夜「ヒョーヒョー」と細い声で鳴く。鵺鳥とも呼ばれ気味悪がられた。さて、虎鶫は美味かどうか。得体の知れない味に違いない。この食卓も緊迫している。「くちつぐみつつ」と掛けて遊んでいるものの、余裕はない。惨劇の香りがする。夫と妻の額は、ぎりぎりまで近づいているのだ。

（『バードランドの子守歌』昭和五十七年刊行）

19日

母死にて四日泣きゐしをさながら今朝《けさ》登校す一人また一人　吉野秀雄

妻に死が迫っている。「病む妻の足頚《あしくび》にぎり昼寝する末の子をみれば死なしめがたし」と歌われている。「足頚《あしくび》にぎり」が哀切極まりない。そして「昼寝する」のあどけなさが心に沁みる。母が死んで四人の子どもは泣き暮らす。しかし、日々の生活は続くのである。今朝、子どもたちは登校する。いたいけな姿である。結句に深い情趣がある。四人の子どもそれぞれが悲しみに耐えているのだ。

（『寒蟬集』昭和二十二年刊行）

20日

家も子も構はず生きよと妻言ひき怒りて言ひき彼の夜の闇に　高安国世

生活の真実を追求してゆくとき、作品が自分自身に向かうことは避けられない。自分ばかりか家族まで曝さなければならないのだ。妻の怒りは重い。長男は疫痢で急逝。三男は聴力に障害があった。夜、灯りを消した後、妻と話す。妻は激し、自分の道を生きよと言う。それは家も子も構わない生き方なのだ。それを自分は肯定できるだろうか。苦悩は深い。高安は歌誌「塔」を創刊。リルケの研究家として知られる。

（『年輪』昭和二十七年刊行）

21日

稿つひに書けざる未明の狼狽は女房《にようぼ》のフトンにもぐれば蹴らる　島田修三

一九九〇年代初め、新鋭歌人が洗練された口語短歌を志向していた頃、島田修三は特異であった。この体臭とトホホ感は何だ。島田は大学教授にして歌人。研究論文か歌論か。徹夜しても原稿は終らない。妻に縋るところがトホホであり、フトンにもぐるという生々しさが島田流である。蹴られるという落ちもまたよし。今思うと、島田修三は二十一世紀の行き場のない若者たちの短歌を先取りしていたのではないか。

（『晴朗悲歌集』平成三年刊行）

22日

拒みがたきわが少年の愛のしぐさ頤に手触り来その父のごと　森岡貞香

この歌の新しさは、我が子を少年と呼んだことである。少年と呼ぶことで、母と息子の関係から一たびは自由になるのだ。少年は甘えて母の頤に触れてくる。ただ寂しいのだろう。母は、急逝した夫の姿に重ねる。母と子。子と父。夫と妻。関係が錯綜する。錯綜は陶酔に繋がる。愛撫の始めなのであり、拒むことはできない。官能に溺れそうになっている。これほど危ういエロスを湛えた母子の歌はほかにない。

（『白蛾』昭和二十八年刊行）

23日

幼子は鮭のはらごのひと粒をまなこつむりて呑みくだしたり　木俣　修

幼子が鮭の卵を口にする。目を閉じた姿には何か祈りのようなものを感じる。幼い命が一粒の命を呑みくだすのである。下句がゆったりしていて、卵が静かに喉をくだってゆく様が見えるようだ。平仮名の印象も円やかである。幼子の体に一粒の卵がほのかに灯っている。命の温かさが伝わってくる。この幼子は長男の高志《たかし》である。高志は腎臓を長く患った後、六歳で逝去した。

（『冬暦』昭和二十三年刊行）

24日

「ここに来てちよつと坐れ」と言ふ父に怯えてみせる昔のやうに　武下奈々子

父親は、おおよそこんなふうにする。叱ったり、説教したりするのに、父親は〈場〉を必要とする。威厳を示すのだ。が、本当のところは父親は無器用で〈場〉を作って改まらないと巧く話せないのである。おそらく母親は、臨機応変、何処でも小言を言う。さて、父は昔のように娘を呼びつける。優しい娘である。怯えてみせることで、父はずっと父のままでいられるのだ。父と娘の情愛の機微を描いた佳品。

（『フォルム』平成十四年刊行）

25日

メスのもとひらかれてゆく過去がありわが胎児らは闇に蹴り合ふ　中城ふみ子

乳癌のため乳房切除の手術を受けた中城は、病床から「短歌研究」第一回五十首詠に応募。特選となり、編集者中井英夫の提案により「乳房喪失」という題名で発表された。メスで肉体が切開される様を自らの過去が曝されるイメージに転化している。闇の中で蹴り合う胎児たちは、家族の愛憎の喩といえる。離婚、乳房切除というドラマは大きな反響を呼んだ。また、反写実的なイメージは前衛短歌の先駆けとなった。

（『乳房喪失』昭和二十九年刊行）

26日

開け放つ窓より窓へ風抜けて写真となりし母がくしゃみす　さいとうなおこ

歌集『逆光』は、母であり歌人である三宅霧子の入院から死、その後の日々が歌われている。パーキンソン病だったという。「幾百のガラスに空は貼りつきて病棟の眠り深き午後なり」という歌も心に沁みてくる。病棟が澄んだ青空の欠片に覆われている。掲出歌も美しい。「写真となりし」で母の死という事実が優しく示唆されている。読者も写真の一語から母の表情を思い描くのだ。くしゃみが愛らしい。

（『逆光』平成二十年刊行）

27日

酔ふ卓に母の絵を見てゐる父よ斯かるゆふべの父を愛す　三国玲子

三国は戦後の荒廃の中で現実の生活に向き合い、女性としての生き方を模索した。父は、木彫り彫刻の三国慶一。「藝術家の父もつ故のかなしみも誇も知りぬ幼き日より」と歌われている。このかなしみは何だろう。幼心に感じた父の遠さだろうか。今、父は酔って妻の絵を見ている。妻の絵を慈しんでいるのだ。その父の姿を見ている作者がいる。近しい存在としての父がいる。静かな夕べである。

（『空を指す枝』昭和二十九年刊行）

28日

五右衛門風呂に四肢まげたれば胎内のとおきいたみを母とわかたむ　福島泰樹

『福島泰樹全歌集』の年譜を読む。昭和十八年「窒息したまま逆子で誕生、逆さに吊され尻を叩かれようやく産声をあげた」という。そして翌年、母は二十七歳で病死した。母の思い出は何もないのである。母と頒かつものが「胎内のとおきいたみ」であるというのは、ひどく寂しい思いである。五右衛門風呂は、丸い鋳物の釜である。手足を曲げて入れば、確かに胎内のイメージに通じるのである。

（『バリケード・一九六六年二月』昭和四十四年刊行）

29日

父親になれざりしかば曇日の書斎に犀を幻想するなり　寺山修司

二〇〇八年二月、寺山修司の新歌集が刊行された。没後二十五年に当たる。寺山は一九七〇年代に作歌を再開したが、自己模倣を潔しとせず、発表を断念したという経緯がある。本歌集に登場する家族は演劇的で架空の存在であるが、濃密な血の匂いがした。寺山的世界を堪能したのである。その中でこの「父親になれざりしかば」は寺山の自画像であるとしか読みようがない。〈私〉を疑い、問い続けてきた歌人の肉声として印象に残った。

（『寺山修司未発表歌集　月蝕書簡』平成二十年刊行）

30日

わが業《わざ》に倦《う》みつつをるに階段をおと高だかと児がのぼり来つ　鹿児島寿蔵

鹿児島寿蔵は、生涯、短歌と人形制作の二つの道を全うした。短歌では『故郷の灯』にて第二回迢空賞を受賞。また、紙塑人形作家として人間国宝となった。それぞれの道で頂点を極めた希有な作家である。掲出歌は、昭和二年の作品。この「業」は人形制作だろう。少し集中力を欠いてぼうっとしていたとき、階段を子どもが上ってきたのである。父と遊びたいのか。ほっと一息つくのだ。芸術を支えた家族がいたのである。

（『潮汐』昭和十六年刊行）

31日

風邪ひきて臥《こや》せる妻のうはごとがとだえがちながら続きぬ　吉田正俊

吉田正俊は、大正十四年「アララギ」に入会し、土屋文明に師事。後に「アララギ」の編集・発行の責任者を務める。『流るる雲』により読売文学賞、『朝の霧』にて迢空賞を受賞した。一方、いすゞ自動車に勤務し、重役となる。短歌界と実業界それぞれ上り詰めたのである。掲出歌には土屋文明を思わせる幾分冷ややかな視線を感じる。妻は苦しんでいるのだ。下句の破調は確信的であり、リズムが臥せる妻の息づかいを活写している。

（『天沼』昭和十六年刊行）

十一月

1日

ははおやのらたい／らたいの君はいて／掌をしめらせてにがくうつむく　嵯峨直樹

家族を歌っても、実際の家族とは距離がある。そんなタイプの歌人がいる。家族像が稀薄なのだ。肉親の〈肉〉の欠如とでも言おうか。嵯峨直樹の世界には、そういう雰囲気がある。平仮名で表記されると、母親の裸体は何か冷ややかでブロンズ像のようだ。母親の裸体と裸体の君を重ねる。挿入された記号の／も冷たい感覚だ。君の内に母を見出そうとしているのか。一転して下句には妙に生温かい体感がある。君は静かに母なるものを拒絶しているのだ。

（『神の翼』平成二十年刊行）

2日

肉親の、妹であれば、／かくも成長し、ピアノを弾くを、／不思議と思ふ。　赤木健介

昭和三十年代の岡井隆と吉本隆明の定型論争で赤木の作品が問題になった。吉本は、文学的内容が口語破調についてゆけないため、赤木作品は中途半端だとした。短歌は、常に主題と文体と破調の問題を内包しているのである。赤木作品は三行表記。ピアノ教師の妹が弟子を集めて演奏会を開いた。戦時下である。美しく、危ういひとときだ。兄にとって妹のイメージは幼年期のままなのである。妹の成長は不思議なのだ。

（『意慾』昭和十七年刊行）

11月

3日

真夜中に祖父母は今日も起きていく予定日近い親牛のために　藤田洋平

平成十六年、古川町、神岡町、河合村、宮川村の二町二村が合併し、飛驒市が誕生した。翌年、尾内治光氏の尽力により第一回飛驒市短歌大会が開催されたのである。市民の生活に短歌が根づいている。作者は、河合中学校の二年生。生命の誕生を家族で待っている。毎夜、祖父母が親牛の様子を見にゆく。作者は、家族を気遣い、親牛を案じている。優しく逞しい少年である。家族の体温が感じられる作品だ。

（「第四回飛驒市短歌大会入賞作品集」平成二十年刊行）

4日

首ながきよき如雨露《じょうろ》なりベランダのわが小家族に朝の水やらむ　都築直子

ベランダ・ガーデニングである。ささやかな空間である。「首ながき」が巧い。ゆるやかに降り注ぐ水の軌跡が見えてくる。「わが小家族」に、生活の中の安らぎが表れている。植物を家族のように慈しむのである。そして、自ずと都市で暮らす女性像が浮かび上がってくる。作者は、スカイダイビング・インストラクターの資格を取り、その後、小説家に転身。現在、歌人の道を歩む。

（『青層圏』平成十八年刊行）

5日

阿子《あこ》と云《い》ふ草《くさ》やはらかに生《お》ひしげる園生《そのふ》にまろび泣寝《なきね》すわれは　与謝野晶子

明治四十五年五月、外遊の鉄幹のもとへ晶子は単身旅立った。シベリア鉄道の旅であった。フランスに着いた晶子は夫をためらわず恋人と呼ぶ。「ああ皐月仏蘭西《さつきフランス》の野《の》は火《ひ》の色《いろ》す君《きみ》も雛罌粟《コクリコ》われも雛罌粟《コクリコ》」と高らかに歌ったのである。そして、鉄幹を残して一人日本に帰る。子どもという草がやわらかに繁る庭園で泣き寝をするのである。それは鉄幹への思いであり、また、七人の子の母であるという現実を嘆いたのである。

（『夏より秋へ』大正三年刊行）

6日

空が美しいだけでも生きてゐられると　子に言《い》ひし日ありき　子の在りし日に　五島美代子

昭和二十五年一月、長女ひとみが急逝した。ひとみは東大生であった。母は聴講生として、共に東大に通ったのである。母と娘はいつも一緒だったという。妄執とも言える愛である。娘は息苦しかっただろう。そして、理由は明らかでないが、娘は自死を選んだのである。かつて娘に言った言葉が甦る。空が美しいだけでも、と。何気ない一言であった。しかし、それは娘が生きていたからこそと今思うのである。

（『母の歌集』昭和二十八年刊行）

7日

しばらくは家族のひとみ浄からむ秋のそこひの木の葉の化石　小中英之

これほど澄み透った家族の像はないだろう。家族の瞳も木の葉の化石も、秋のきわみにしんとしている。冷ややかな空気が感じられる。そして冬を迎えるころ、家族の表情も移ろうのだろう。小中は「歌の調がもっとも美しい輝きを放つのは季節を歌うときであろう」と歌集に記した。そうであれば、季節の中で歌われるとき、家族は最も美しいのかもしれない。小中英之は六十四歳で亡くなった。

（『わがからんどりえ』昭和五十四年刊行）

8日

撲《う》ちし子が花壜のごとく揺れたるを二、三日ほど記憶しつづく　吉川宏志

短歌におけるリアリティーが模索され続けている。近代以降百年経ても依然この問題に決着がついていない。吉川は、評論集『風景と実感』で歌が実感を獲得する鍵として「身体感覚」を挙げている。子を撲ってしまった。若い父親である。「花壜のごとく」という直喩によって生々しいリアリティーを摑んでいる。その感触がしばらく離れない。子どもを静物に喩えることで、人間性を奪ってしまったような悲しみが滲み出ている。

（『曳舟』平成十八年刊行）

9日

塩はゆき黒髪を噛む仔牛どもわが夫よりもいたく優しく　石川不二子

昭和三十六年、石川不二子は東京農工大学の仲間が始めていた島根県三瓶東ノ原農場に入植した。結婚生活の始まりでもあった。農場は「釜も、財布も一つという全面共同の開拓生活」（歌集あとがき）によって成り立っていた。家族が集まり大きな家族を成していたのだ。仔牛の世話をするため屈んだのだろう。汗でしょっぱくなった髪を仔牛が噛む。労働は驚きに満ちている。夫と比べるところが面白いが、厳しい生活が暗示されている。

（『牧歌』昭和五十一年刊行）

10日

その生を願はざりにし父なりと生ひ立ちゆきて汝《なれ》は知るべし　柴生田　稔

昭和二十三年一月、四男の晴四が誕生した。その年の「短歌研究」六月号に発表された「わたくしごと」より。酷薄な言葉である。もとより嬰児に罪はない。リアリズムが窮まった歌である。子は成長していつか父の思いを知る。この歌を読んで知ることになるかもしれない。この歌の存在自体が怖ろしい。さらに「貧しき日本の國に苦しみて生きゆくいのち一つを加ふ」という歌が続く。生き難い時代ゆえの思いか。柴生田稔は斎藤茂吉の高弟。

（『麦の庭』昭和三十四年刊行）

11日

病人の様子は訊かず　訊かざるがやさしさということだってある　永田和宏

「家族に病人が出てからは」という詞書きがある。様子を尋ねる人に悪意はない。どちらかというと善意である。気遣ってくれているのだ。しかし、聞かれた以上、何か応えなければならない。あるときは胸の奥深くにあることをもう一度明るみに出さなければならない。そっとしておいて欲しい、ということに尽きるのだろう。歌集のあとがきに「この間、河野裕子の手術があり、家族の生活は一変した」と記されている。

(『後の日々』平成十九年刊行)

12日

すり硝子とほる光に坐りをりいのちのことは仕方なければ　清水房雄

癌が再発し、妻は入院した。様々な思いが去来する。「妻の命をかすめ取つて来た一首一首である事を思ふとやりきれなくなつたのである」と歌集後記にある。短歌のため家庭の団欒を顧みなかった悔恨が滲む。磨り硝子を通り抜けた光は柔らかい。穏やかな光に包まれながら病む妻の命を思うのである。どうしようもないことなのだ。そう自分に言い聞かせる。

(『一去集』昭和三十八年刊行)

13日

をりをりに未来をなげきいふ妻はわれの日記を読みゐるらしき　上田三四二

日記は、家族一人一人の暗がりである。鍵を掛けるほどではない。おおよそ机の抽斗にある。読もうと思えば読めるのだが、家族の心を覗くことは怖ろしい。今では、こういう密かな行為も減った。インターネットで日記を公開する人が増えたのである。妻が未来を嘆く。妻は私の日記を読んでいるらしい。日記には暗澹とした将来が書かれていたのだろう。小さな疑念が日常の不安と相俟って拡がってゆく。

（『雉』昭和四十二年刊行）

14日

かくおもたき母の睡りをいづかたに運ばむとわが子の姉妹ささやく　葛原妙子

なにか不思議な歌である。推理小説のような雰囲気が漂う。母はうたた寝をしていて、娘の気配を感じているのか。どうもそうではなさそうだ。「かくおもたき母の睡り」は熟睡を思わせる。作者は隣室の覗き穴から姉妹の様子を見ているようである。「わが子の」と念を押すのも冷ややかである。母は睡眠薬で眠ったのか。ことによると既に死んでいるのかもしれない。死体をどこに運んだらよいか。ストーリーは進行中である。

（『朱靈』昭和四十五年刊行）

15日

しづけさの涯には音があるといふ一日を椅子に掛けてゐる母　春日井　建

春日井建の歌う母は穏やかで優しい。「薬膳をともに摂《と》りしはわれのため病まずに逝きし母のかなしゑ」とも歌われている。母は九十四歳と十一か月で亡くなった。重い病と闘う作者と静かに永遠の時に向かう母。二つの命が響き合う日々であった。「しづけさの涯」は、生の終端を思わせる。ほの明るい場所だ。そこにある音とは何だろう。未来の自分がドアをノックする音かもしれない。春日井建は、六十五歳で世を去った。

（『井泉』平成十四年刊行）

16日

きみの瞳《め》と同じひかりを宿したる少年はすぐ母に隠れぬ　高島　裕

『薄明薄暮集』は、春、夏、秋、冬、羇旅、恋、雑という和歌の部立によって編まれている。掲出歌は「恋」百首より。人の母に恋をした昂ぶりと苦悩が綿々と綴られている。恋しい人の息子である。愛しいに違いない。上句から痛いほどそれが伝わってくる。君の分身であるが、自分の子どもではない。途方もなく遠くて、胸が掻きむしられるような存在なのである。そして、恥ずかしがりである様もまた可愛いのである。

（『薄明薄暮集』平成十九年刊行）

17日

窓ガラス　薄い制度に閉ざされて家族は眠る(或いは眠らぬ)　魚村晋太郎

家族の一般論ではない。自分の家族を歌ったのでもなかろう。恋人の家族を思っている。子どものいる恋人である。そう読むと、この歌は危うい。窓ガラスの感触が「薄い制度」に重なる。冷ややかで脆い制度なのである。そして、自分はそこに立ち入ることはできない。粉々になるからだ。恋人の家族は、寝息を立てて安らかに眠っている。否。断じて否。結句は鉈の一撃である。

(『花柄』平成十九年刊行)

18日

あやまるやうな前置をしてわれに見せるおなかのこどもに買つて置いた毛糸　吉野昌夫

昭和二十四年の作品。「怒らないでね」「隠していたわけじゃないけど」例えばこんな言葉だろうか。少し曖昧に切り出すのである。生まれてくる子どものために毛糸を買って置いたことを話す。今では普通のことに思えるが、当時はそうでなかった。貧しい時代だ。毛糸は高価なものだった。夫もそれを見て嬉しかったと思うのである。吉野は木俣修の高弟。「形成」創刊に参加した。

(『遠き人近き人』昭和三十一年刊行)

19日

蜘蛛の巣をすつぽり顔にかぶりたりこの糸強し父の声に似て　小野興二郎

どういう場面か分からないが、故郷の土蔵を思い浮かべたらよいだろう。蜘蛛の巣を被るとは懐かしい光景である。見慣れたことのようで、今では殆どなくなってしまったのである。蜘蛛の糸が顔に絡む。堪らない。結句で飛躍する。ここで父の声とは。作者の父は神主だった。祝詞の声を思えば、粘りのある蜘蛛の糸と繫がるのも納得できることである。作者は木俣修に師事。師の死後「泰山木」を創刊した。

（『今ひとたびの』平成十二年刊行）

20日

秋の海ぱさりぱさりと飛ぶ砂に消されては描くかあさんの顔　小守有里

風が強いのである。砂が砂を覆う。「ぱさりぱさり」というオノマトペが巧い。音が砂の描写になっている。まとまった砂がいっぺんに被さるような感じだ。歌の舞台は、故郷千葉県の外房である。外海からの風は強い。風土に根差した歌なのだ。砂に描く母の顔は幼年期の追憶である。そして母となった作者の自画像でもある。風土の時間に優しく包まれてゆく生を思うのである。（『こいびと』平成十三年刊行）

21日

子供よりシンジケートをつくろうよ「壁に向かって手をあげなさい」　穂村　弘

恋人に向かって言う。シンジケートをつくろうよって。犯罪組織だ。恋人は呆気に取られる。すぐさま冗談っぽく「手をあげなさい」と脅す。彼女はゲームに乗ってくる。部屋の壁に向かう。そして用意しておいたプレゼントを「はいっ」と突きつけるのだ。彼女は将来二人でつくる温かい家庭を語っていたのだ。子供は二人ほしいわ……。男はすぐさまそれを遮った。犯罪組織というジョークで恋人の夢を粉々にしたのである。

（『シンジケート』平成二年刊行）

22日

ぬばたまの黒羽蜻蛉《あきつ》は水の上母に見えねば告ぐることなし　齋藤　史

老いた母に失明の危機が迫っている。「ぬばたまの」は黒や夜に掛かる枕詞。実際に黒羽蜻蛉の羽は真っ黒なのであるが、この場合、失明の闇の暗喩として読むことができよう。母の姿が投影されているのだ。水を鏡の比喩としたらどうか。母は鏡に映った自分の姿すら見えないことになる。母と水辺にいるという情景に、こういう象徴的な世界が貼りついている。結句には、もはや母の世界には届かないという痛切な思いがある。

（『風に燃す』昭和四十二年刊行）

23日

チッチッと子は鳥を指す空を飛ぶものある不思議にあふむきながら　久我田鶴子

子は生後一歳である。満一歳に満たない子どもを乳児といい、満一歳から学齢までを幼児という。一歳で赤ちゃん卒業といったところか。言葉はまだまだであるが、好奇心が芽生えている。世界は不思議でいっぱいだ。スズメだろうか。チッチッという鳴き声が名前なのだ。空を飛ぶものがあることに驚く。誰でもこんな素晴らしい感受性をもっていた時期があるのだ。眩しすぎる存在である。

（『雨の葛籠』平成十四年刊行）

24日

おとうとの柿の木　姉の柿の木よ　雪くる前の背戸の夕ぐも　辺見じゅん

故郷富山を回想した歌である。童謡のような懐かしさと温かさがある。家の庭に柿の木が二本あったのだろう。柿の実をとる弟の姿が浮かんでくる。柿の木の一本は弟で、もう一本は姉だ。今では二人とも家を遠く離れて暮らしている。でも、二人は昔と同じように、あの故郷の庭にいるのだ。柿の色が目に沁みる。裏手には夕雲が見える。雪が近い。

（『幻花』平成八年刊行）

25日

ゼロイチ……を廻せば捨てし訛いづふるさとすでに雪に鎖ざされ　小嵐九八郎

ゼロイチが寂しく響く。どこか虚無的で冷えている。018は、小嵐の故郷秋田県の市外局番である。「廻せば」が今では分かりにくいかもしれない。ダイヤル式の黒電話である。番号を廻すだけで、捨てたはずの訛が胸の内から噴き出してくるのだ。訛はアイデンティティーにほかならない。受話器の向こうには家族がいる。故郷は雪。しんとした哀しい歌である。小嵐は歌人であり、小説家。革命を通りぬけてきた男である。

（『叙事　がりらや小唄』平成二年刊行）

26日

人も来ずさびしき時に出《いだ》し見よとわが子はこびし江戸名所図会　岡　麓

昭和二十年、岡麓は、長野県北安曇郡に疎開した。山国の自然の中で幼い孫たちと暮らす日々であった。あるとき、子どもが様子を見に来たのである。江戸名所図会は、挿絵を交えて江戸の名所・旧跡の由来を記した地誌である。全七巻二十冊であるから「はこびし」というのが実感である。心尽くしの贈り物である。昔を偲びながら長い時を過ごすのだ。岡は、正岡子規、伊藤左千夫、長塚節を知る「アララギ」の長老として重きをなした。

（『涌井』昭和二十三年刊行）

27日

なんとなく目ぐすりくさいいもうとと小春日和のみじかいさんぽ　佐藤弓生

姉と妹である。目薬の匂いはどんな感じだろう。甘酸っぱいような、少し、つんと鼻を刺す匂いである。そんなに強い匂いではないから、なんとなくそう感じるのである。きれい好きで、ちょっと甘えん坊。そのくせ、皮肉を言ったりする。そんな妹なのだろう。幼い頃の二人を思い起こしてもみるのだ。目薬のひんやりした感じと小春日和の明るさ。そして「みじかいさんぽ」の軽い語感が美しくマッチしている。

（『眼鏡屋は夕ぐれのため』（平成十八年刊行）

28日

はるばると吾が持ちて来《こ》し蓄音機《ちくおんき》父は火燵《こたつ》にねて聞きにけり　藤沢古実

大正十三年の作品。故郷信濃に病む老いた父を見舞ったのである。父は胃癌であった。当時、地方で蓄音機は珍しかった。病で苦しむ父にと精一杯の気持ちである。運ぶのもやっとのことだった。父は坐ることもできない。炭火の火燵に寝て微笑んで聴いていただろう。藤沢古実は土田耕平を介して島木赤彦に師事。アララギ発行所で起居をともにした。短歌即生活であった。大正期のアララギを支えた歌人。

（『国原』昭和二年刊行）

29日

ちちははの稚さを見てしまいたりせつなく閉じるアルバム二冊　日下　淳

若い父と母の写真アルバムである。新婚間もない頃だろう。作者はまだ生まれていない。恋人のような気分で二人は戯れていたのか。思いがけず見てしまった写真である。それは二人だけの宝石のような時間だった。やがて、二人に諸々の艱難辛苦がやってくる。若い心は磨滅してゆく。それを一番近くで見ていたのが作者だ。だから切ないのである。若い二人のアルバムは二冊で終わってしまったのだ。

（『神の親指』平成十九年刊行）

30日

みなぼくのいもうとである目を閉じているうちにpenisよ水底へ　中澤　系

いもうとは兄にやさしい。従順でかわいい。女の子はみなぼくのいもうとなのである。つまり自分のコレクションなのだ。そう宣言した後、支配者は満足げに目を閉じる。しかし、いもうとは性の対象にしてはならないのだ。性器は苦悩する。いつのまにか深い水底へ沈んでゆくのである。中澤系はインターネット時代の幕開けとともに登場した歌人。未来賞を受賞した。

（『uta 0001.txt』平成十六年刊行）

十二月

1日

かなしみを曳きずるごとく掃除機の近づきてくるわが家に覚む　上野久雄

掃除機のヒューン、ヒューンという音。「かなしみ」と言われてみると、確かにそれは泣き叫ぶ声に似ていると思うのである。「曳きずるごとく」も巧い。次第にその音は近づいてくる。掃除機をかけているのは、たぶん妻である。妻の哀しみに重なるのである。結句が辛い。掃除機の音で夫は目覚めるのだ。いい目覚めではないだろう。ほかでもない「わが家」なのである。

（『夕鮎』平成四年刊行）

2日

故もなく闇をおそるる長男を叱りつつ夜の庭に立たせぬ　岡野弘彦

今、どんなときに子を叱るだろうか。嘘をついたり怠けたりいろいろであるが、その根っこには〈悪いこと〉がある。悪いから叱るのである。この歌の父は、男の弱さを叱るのである。闇を怖れるという腑甲斐なさを叱る。そして、それを克服させようと闇の中に立たせるのだ。長男という語も重い。現代の父であれば、子の弱さは庇うであろう。岡野弘彦は大正十三年生まれ。昭和二十二年より折口信夫の家にあって没年まで起居を共にした。

（『冬の家族』昭和四十二年刊行）

3日

病室にあればくらしは遠ざかりくらしに伴ふにがさは残る　岩田　正

微妙な情感を歌っている。旅先の宿ではこういう感慨は湧かない。我が家から遠ざかるが、暮らしの諸々の苦さはないのだ。病室は特別である。思いがけない入院であればなおさらだ。様々な心配事が頭を巡る。妻は元気か。何か困っていないか。仕事はうまく廻っているか。雑誌はどうか。我が家の暮らしは、病室と同時進行しているのだ。岩田正は、馬場あき子とともに一九七八年「かりん」を創刊した。

（『和韻』平成十二年刊行）

4日

前夜から名古屋へ向かふ出講をある日の妻が寂しみて言ふ　篠　弘

小学館の百科事典編集長を経て取締役となった篠弘は、退職の後、愛知淑徳大学を第二の勤め先とした。この歌は「前夜」が多くを語る。或るときは出講の前日も夕方まで執筆活動に集中していたのだろう。妻にとって暗くなって夫が出かけることは心細いのである。思わず物悲しい言葉を口にするのだ。夫がずっと仕事とともに生きることへの寂しさもあるだろう。夫はそれを理解しながらも、やはり仕事に出かけるのだ。

（『緑の斜面』平成十八年刊行）

5日

かがまりてこんろに赤き火をおこす母とふたりの夢つくるため　岸上大作

昭和三十五年十二月五日、岸上大作はブロバリン百五十錠を服した。絶筆である「ぼくのためのノート」に「これは、一人の男の失恋自殺です」と記されたが、だれも岸上の死を安保闘争の挫折という時代状況から切り離すことはできない。引用歌は高校生のときのもの。岸上の父は戦病死した。母と子の家庭である。少年期の貧困の経験が社会主義へのシンパシーとなっていったのだろう。この歌のようなほのかな明るさが岸上の原点であった。

（『意志表示』昭和三十六年刊行）

6日

壁ぎはのベッドにさめしちのみごに近々と啼く霧のやまばと　玉城　徹

「たたかひより生きて帰つたものが歌ふ」という題がつけられている。「生きて」の一語が重い。空間が微妙に捩れた感じを受ける歌である。壁際とは圧迫感のある位置で、世界の隅に追いやられたような印象である。そこで赤ん坊が目覚める。山鳩はキジバトのことであり、青い鳥のモデルである。幸せの象徴である鳥が、新しい時代の子を祝福している。その鳥は近くにいるようで、実は霧の彼方で啼いているのだ。

（『樛木』昭和四十七年刊行）

7日

食卓に朝の日は射しそれぞれの色の髪持つこどもと大人　内藤　明

旅先のホテルで、よその家族を見たのか。いや、食卓というのだから、やはり我が家の風景と読みたい。親子を「こどもと大人」というのが面白い。家族が妙によそよそしい。しっくり来ないのである。朝日に家族の髪が眩い。父はグレー。母はブラウン。子どもはまだ黒いか。それぞれの個性と年齢が髪の色に表れている。てんでばらばらである。いつのまにか日本の家族はこんなふうになったのだ。

（『夾竹桃と葱坊主』平成二十年刊行）

8日

母亡くて石臼《いしうす》ひくくうたひをり　とうほろ、ほほう、とうほろ、ほいや　高野公彦

昔話のような懐かしさのある歌だ。石を回して穀粒をすり砕くのである。たぶん夜だ。亡くなった母の使っていた石臼が歌い出すのである。この上なく円やかで温かい歌声が聞こえてくる。ゆったりした時間が流れる。優しい母の面影が永遠の時間にゆっくり溶け込んでゆくのだ。母の生は祝福されている。石田波郷の「亡き母の石臼の音麦こがし」を想起してみる。短歌という詩型がいかに韻律に拠っているかが分かる。

（『水行』平成三年刊行）

9日

オムレツを焼く母がいてこの人をいつより〝ママ〟と呼ばなくなりしか　森本　平

フライパンにバターをひいて溶いた鶏卵を流し込む。焦がしてはいけない。中身は程よく固まりきらないで、とろりとしているぐらいがいい。ふくよかに盛り上がったオムレツ。これほどママのイメージに重なる料理はない。ママはいつものとおりオムレツを焼いている。幼い頃からずっとその後ろ姿を見てきた。ママと呼ばなくなったのは自分が変わったからだ。ママであった頃の自分と母の関係が堪らなく懐かしい。

（『橋を渡る』平成六年刊行）

10日

逝きし子と夫と写真に見下ろせる部屋に電話を引き寄せて伏す　成瀬　有

八十四歳の義母を訪れたときの歌である。海に近い三河の家である。子と夫は、もうこの世にいない。写真となって義母を見下ろしている。病み伏している義母は、ひすがら子と夫と話をしているのだろう。昔のことを昨日のように。がらんとした家にひとり住んでいる。体も言うことを聞かない。枕元に電話を引き寄せているのだ。成瀬有は、岡野弘彦の歌誌「人」創刊に参加。「人」解散後「歌誌〈白鳥〉」を創刊した。

（『流離伝』平成十四年刊行）

11日

しら骨にまじりて出づる金属の太ければ声に出でて嘆かゆ　藤井常世

伯母が亡くなった。九十一歳であった。収骨のとき、思いがけず太い金属片が出てきたのである。「金属の骨に代はりて支ふれば九十に近き身は歩みたり」という歌が続く。この金属が老いた伯母の体を支えていたのか。それは生きることの痛切さを象徴するものであった。結句の哀しい気息に打たれる。藤井常世は、岡野弘彦の「人」創刊に参加。解散後「笛」を結成した。父は、折口信夫門下の藤井貞文。

（『夜半楽』平成十八年刊行）

12日

妻がゐて食器《しよくき》の音をたつるとき目覚《めざ》むる吾や心さびしく　佐藤佐太郎

『歩道』を読んでゆくと唐突に妻が姿を現す。結婚に到る道のりは省かれている。妻は同じ「アララギ」会員の伊森志満。エピソードは何かありそうだが、歌集の後記に妻のことは書かれていない。赤子の歌も同様でいきなり登場する。出産までの願いや不安は歌われていない。現実の限定が徹底している。妻が朝食の仕度をしている。新婚生活だ。目覚めるとき食器の音が聞こえてきた。この寂しさはどうしようもない根源的なものなのだ。

（『歩道』昭和十五年刊行）

13日

パン種のやうに眠れる弟にもたれて眠るわがかたち無く　澤村斉美

高校生ぐらいの弟である。歌集には「傷みつつ学校へ行く弟の部屋はブドウのガムが匂へり」という歌もある。弟の勉強を見ていたのか、悩みを聞いていたのか。状況は分からない。もたれて眠る。恋人のような様子である。発酵が進み次第に膨らんでゆくパン種。そういう生々しさを弟に感じていたのだ。いつしか自分も眠っていた。結句は身体が溶け出してゆくような感覚である。姉と弟の歌として際どいと言えよう。

（『夏鴉』平成二十年刊行）

14日

湯上がりに母の寝息を聞きいたりさめたおでんをいとしみながら　吉野裕之

仕事で帰りが遅くなったのだろう。まずはお風呂。仕事の汗を流すことが先なのだ。母はもう寝ている。隣の部屋だ。寝息が聞こえるほど静かな夜である。母が作っておいてくれたおでんは冷め切っている。それを温め直すこともない。母の味を噛みしめるのだ。独身の勤め人の生活感情がよく伝わってくる作品である。「ノックせずドアを開けたる母の目と三秒ほどのわれの沈黙」とも歌われている。よくあることだ。

（『空間和音』平成三年刊行）

15日

子が落《もら》すハモニカつめたく卓子《てえぶる》の汚点《しみ》ほどの月窓にあがりぬ　加藤克巳

ファンタスティックな歌である。子がハーモニカを吹く。冷ややかに響く。そして、音のイメージがテーブルの染みに展開する。汚点と表記されているから、黒々とした小さな染みだ。その映像がクローズアップされる。かと思うと、それは月球となり窓の向こうに見えるのだ。像と空間が自在に変転する。これは夢の感覚だ。子どもに仮託した幻想的な世界なのである。『螺旋階段』は香り高いモダニズムの歌集である。

（『螺旋階段』昭和十二年刊行）

16日

子と妻と荷作りうごけば所在なき猫と我とはヴェランダに居る　古明地実

「また転居する」一連より。淡い哀感のある歌だ。勤めの関係だろうか。団地を出てゆくのである。子と妻がてきぱきと荷作りをする。親父にしてみればこれほど頼もしい光景はない。手持ちぶさたの自分はヴェランダにいるのだ。猫を自分の仲間にしているところが少しユーモラスである。古明地実は「アララギ」を経て「未来」に所属。独特の存在感のある歌人だった。社会派と呼ばれたが、歌は自らの生活から遊離することはなかった。

（『チャムセ・ノレ』平成四年刊行）

17日

冬の日の今日あたたかし妻にいひて古き硯を洗はせにけり　古泉千樫

「冬籠」一連より。大正十五年の作品である。この年の一月で千樫は帝国水難救済会を退職した。その後の歌である。退職後の日々と思えば、この心持ちはよく分かる。普段、部屋は寒い。今日は日が差して暖かい。気分がよくなって何かしてみたくなる。染筆を思いつくのである。妻に言って長い間使わないでいた古い硯を洗わせる。今、妻がいることが幸せなのだ。結句が引き締まっている。穏やかでありながら哀感のある歌である。千樫晩年の境地と言えよう。

（『青牛集』昭和八年刊行）

18日

ふと消ゆるもの抱くやうにをののきて生まれたる子を抱きし朝あり　紺野万里

「星状六花」一連より。雪の結晶である。この一連では多く雪が歌われている。「みどり児のあしたの夢に降りをらむ星状六花この世のひかり」という歌が続く。連作の効果であるが「ふと消ゆるもの」は、自ずと雪を想起するのである。触れたらたちまち消えてしまう。儚い生のイメージである。だから戦くのだ。雪の冷たさと赤子の温かさが混じり合って不思議な感触を生んでいる。遠い或る朝の記憶である。

（『星状六花』平成二十年刊行）

19日

ひら仮名は凄《すさま》じきかなはははははははははは母死んだ　仙波龍英

（享年七十二歳）と記されている。破格の挽歌である。仙波龍英にしか、こうは歌えない。「ははは……」は笑い声のように思える。あるいは「母は母は母は母は」または「母母母母母母」という痛ましい叫びでもある。意味は同時に存在するのだ。確かに、平仮名は凄まじいと読者は納得する。いや、そうではない。読者をそこに追いやっておいて、仙波は独り泣いているのだ。結句の字足らずの呟きに本音がある。

（『墓地裏の花屋』平成四年刊行）

20日

来ないでよ母さんだけが若くない　お前に言われる日がきっと来る　川本千栄

哀しい確信である。三十代終りの出産。子どもが小学生になるころには、自分は四十代の後半だ。授業参観や運動会。学校に行く機会は多い。周りは若いママたちである。学校に来ないでよ、母さん。そんな怖ろしい言葉を思う。そして、既にそれを受け入れる覚悟があるのだ。それにしてもこの歌を詠んだとき「お前」はまだ胎児であった。十年後を思っているのだ。母親になること。それは、いろいろ先を心配することなのだろうか。

（『青い猫』平成十七年刊行）

21日

パパの心配顔見たさにパッと純白で飛び込む（パーレン《パーレン》）の中　高柳蕗子

パーレンの中は、異世界である。作品に挿入された別の空間だ。そこに飛び込む。自分は純白だから、ふっと紙に紛れてしまう。パーレンの中を捜しても誰にも見つからない。そんなことをするのは、パパの心配顔が見たいからだという。作者の父、高柳重信を思い描いてみたいところ。三十一音の短歌形式の中で宙返りする娘を危ぶみ、喜ぶパパの顔が見えてくる。短歌は、天国のパパと地上のあたしを易々と繋ぐのだ。

（『あたしごっこ』平成六年刊行）

22日

妻が眼を盗みて飲める酒なれば惶《あわ》て飲み噎《む》せ鼻ゆこぼしつ　若山牧水

「合掌」と題した三首の中の一首。牧水と言えば酒。この歌、面白すぎる。が、亡くなった昭和三年の作品であることを思うと哀れである。牧水は、急性腸胃炎兼肝臓硬変症でこの世を去った。酒は死を招く。見つかれば「あなた、何してるの！」と妻に叱られる。「惶て飲み噎せ」がいかにも慌ただしい。しかし、鼻から酒がこぼれ落ちるとは至福の境地かもしれない。牧水は「合掌」して酒を拝んだのである。

（『黒松』昭和十三年刊行）

23日

母に似しその唇のうす紅さその眼つぶらに汝は父に似る　前田夕暮

「発生」一連より。大正三年、長男の透が生まれた。子の誕生を「人間の発生」と捉える。力強い。普遍的な生命の営みに繋げているのだ。うす紅の唇は母に似ている。その眼はつぶらでお前は父に似ている。やはり自分に似ていると言いたいのだ。手放しの喜びである。それは親の率直な心情であるが、初期の歌集『収穫』『陰影』の自然主義的な倦怠感の漂う傾向を通り抜けてきた夕暮の歌として感慨深い。

（『深林』大正五年刊行）

24日

ただ一つ母に許されている希望の種子明日に渡さんと同意したりぬ　源　陽子

医師から呼び出される。母の病である。娘の自分が重大な判断をしなければならない場面である。歌集を読んでゆくと、手術の同意であると分かる。母が生きてゆくためには他に選択肢がないのだ。「ただ一つ」が重い。それを「希望の種子」と明るく照らすところが作者の優しさであり、強さなのである。手術後の「緊急帰国した兄と吾をかたわらに並べて似たる冬瓜と言う」という歌も温かい。

（『桜桃の実の朝のために』平成二十年刊行）

25日

酔ひ増せば吾を君とふ父のゐてふるさとに鳴る八角時計　加藤ミユキ

八角時計は明治の初めまだ時計が珍しかったころ、全国の郵便取扱所に配備されたことで普及した。そんな近代化の名残がふるさとにあったのだ。実家に帰ったときの歌だ。酒好きの父である。「ミユキ」と娘は名前で呼ぶものだ。それが酔ってくると「君」と言うようになる。粋な文人を思わせる父である。やがて八角時計が鳴る。もう帰らなくてはいけない。作者は、五島美代子、宮柊二、近藤芳美の時代の朝日歌壇から出発し、後に岡井隆に師事した。

（『花うばら』昭和六十年刊行）

26日

誰だつて子は親殺し！　産道《サンダウ》を(血にまみれつつ)潜つたからは……　石井辰彦

連作「老いてからのオレスト」より。ギリシア神話を引用しながら現代を射る。家族と復讐が絡むと、その舞台は血塗れだ。母が夫を殺す。母は復讐を怖れて息子を殺そうとする。成長した息子は母を殺す。復讐は止まらない。親殺しは子の宿命か。そうなのだ。誰もみな産道の血塗れの記憶がある。石井辰彦は、現代短歌の朗読ムーブメントの中心的存在である。自在に物語を引用し、記号を乱打する。

（『全人類が老いた夜』平成十六年刊行）

27日

智《ちい》よ智よ生きてあれかしと言ひたまふわが病める手をきみとりたまふ　山中智恵子

昭和五十八年、夫を亡くした山中は水沢高原の病院に入院した。大きな空虚を埋めるかのように歌が湧き出た。『星醒記』千百七十二首、『星肆』八百十一首である。「さやさやと竹の葉の鳴る星肆《ほしくら》にきみいまさねば誰に告げむか」(『星肆』)という気高い挽歌とともに、掲出歌のような温かさも心に迫る。かつての病床を回想しているのだろうか。いや、今も確かに夫は傍らにいる。歌は幻を現実にする。

(『星醒記』昭和五十九年刊行)

28日

かみそりの鋭刃《トバ》の動きに　おどろけど、目つぶりがたし。母を剃りつ、　釈　迢空

「母」一連より。葬儀である。導師が死者に戒を授けて髪を剃る儀式がある。この歌もそういう場面だろう。剃刀をあてる動作で済ませる場合もあるが、この歌には実際に剃っている迫力がある。剃刀の刃の動きに驚くのは、それが激しいからであろう。しかし、息子としてその様をじっと見るのである。結句には自分が母を剃っている感触がある。際どい感覚で母の死に真向かっている。

(『海やまのあひだ』大正十四年刊行)

29日

子のわれに誰ぞと問いてまぼろしの波寄る湖《うみ》に佇む母か　武川忠一

「挽歌」より。故郷の諏訪湖である。父が亡くなり、ただ独り故郷にいた母を東京に迎えたのである。故郷の家も解体された。母は衰え、我が子さえ認知できなくなっている。哀しい現実である。すべてが遠く幽けくなってゆくなかで、諏訪湖の輝きと波の音だけが心を支える。それはたとえ幻であっても確かなものなのだ。湖に佇む母の像は美しい。『氷湖』の序は窪田空穂が記し、跋は窪田章一郎が書いた。

（『氷湖』昭和三十四年刊行）

30日

みんないい子と眼を開《あ》き母はまた眠る茗荷の花のやうな瞼閉ぢ　河野裕子

「母系」一連より。死んでゆく母と自らの病に真向かう日々を歌った。死は一瞬の出来事ではない。人は時間をかけて死んでゆく。「みんないい子」とは愛の言葉だ。衰える意識のなかでふと湧いたのである。その言葉がずっと今まで家族を包んできたのだ。眼を開けまた眠る。ゆっくり母は死に近づいてゆく。茗荷のほの明るくて薄い花びらは母の命そのものを感じさせる。河野裕子は家族を歌い続ける。

（『母系』平成二十年刊行）

31日

髪揺りて父に笑み寄る夜の寝ぎは手のつめたきは少女ゆゑにぞ　北原白秋

「篁子」三首より。この頃、白秋の眼疾は進んだ。薄明の世界であるが、家族の細やかな情愛が歌われている。寝る前に娘がおやすみを言いにくる。髪の揺れる気配を感じるほど娘は間近にいるのだ。朗らかな声から娘の表情が分かる。娘は微笑んでいる。そして娘は父の手をとる。あるいは娘の手は父の頰を包んだのかもしれない。手の冷たさに少女を感じたのだ。幸せな父と娘の歌である。

（『黒檜』昭和十五年刊行）

短歌作者索引

青井　史〔あおい・ふみ〕……85
赤木健介〔あかぎ・けんすけ〕……187
阿木津英〔あきつ・えい〕……33
秋山佐和子〔あきやま・さわこ〕……49
天野　慶〔あまの・けい〕……102
新井　洸〔あらい・あきら〕……155
安藤美保〔あんどう・みほ〕……146
飯沼鮎子〔いいぬま・あゆこ〕……62
池田はるみ〔いけだ・はるみ〕……129
石井辰彦〔いしい・たつひこ〕……217
石井直三郎〔いしい・なおさぶろう〕……99
石川啄木〔いしかわ・たくぼく〕……20
石川不二子〔いしかわ・ふじこ〕……191
石川美南〔いしかわ・みな〕……64
石榑千亦〔いしくれ・ちまた〕……147
石田比呂志〔いしだ・ひろし〕……172
石原　純〔いしはら・じゅん〕……154
一ノ関忠人〔いちのせき・ただひと〕……171
伊藤一彦〔いとう・かずひこ〕……37
伊藤左千夫〔いとう・さちお〕……176
伊東よしみ〔いとう・よしみ〕……36
稲葉京子〔いなば・きょうこ〕……58
稲森宗太郎〔いなもり・そうたろう〕……68
今井邦子〔いまい・くにこ〕……129
今橋　愛〔いまはし・あい〕……21
入谷いずみ〔いりたに・いずみ〕……73
岩井謙一〔いわい・けんいち〕……91
岩田　正〔いわた・ただし〕……206
上田三四二〔うえだ・みよじ〕……193
上野久雄〔うえの・ひさお〕……205
植松大雄〔うえまつ・だいすけ〕……164
植松寿樹〔うえまつ・ひさき〕……151
上村典子〔うえむら・のりこ〕……128
魚村晋太郎〔うおむら・しんたろう〕……195
宇都野研〔うつの・けん〕……9
梅内美華子〔うめない・みかこ〕……118
江田浩司〔えだ・こうじ〕……155
江戸　雪〔えど・ゆき〕……10
江畑　實〔えばた・みのる〕……108
江村　彩〔えむら・あや〕……97
大河原惇行〔おおかわら・よしゆき〕……98
大口玲子〔おおぐち・りょうこ〕……36
大下一真〔おおした・いっしん〕……57
大島史洋〔おおしま・しよう〕……46
大滝和子〔おおたき・かずこ〕……29
大田美和〔おおた・みわ〕……79
大塚寅彦〔おおつか・とらひこ〕……158
大辻隆弘〔おおつじ・たかひろ〕……115・163
大津仁昭〔おおつ・ひとあき〕……83
大西民子〔おおにし・たみこ〕……17
大野道夫〔おおの・みちお〕……50
大松達知〔おおまつ・たつはる〕……33
岡井　隆〔おかい・たかし〕……16・86・104
岡井華子〔おかい・はなこ〕……86
岡井　弘〔おかい・ひろし〕……104
岡崎裕美子〔おかざき・ゆみこ〕……134
小笠原和幸〔おがさわら・かずゆき〕……84

岡田衣代〔おかだ・きぬよ〕……161
岡野弘彦〔おかの・ひろひこ〕……205
岡　麓〔おか・ふもと〕……199
岡本かの子〔おかもと・かのこ〕……63
小川佳世子〔おがわ・かよこ〕……98
小川真理子〔おがわ・まりこ〕……66
沖ななも〔おき・ななも〕……56
荻原裕幸〔おぎはら・ひろゆき〕……28
奥田亡羊〔おくだ・ぼうよう〕……141
奥村晃作〔おくむら・こうさく〕……38
小黒世茂〔おぐろ・よも〕……174
尾崎まゆみ〔おざき・まゆみ〕……117
小塩卓哉〔おしお・たくや〕……80
落合直文〔おちあい・なおぶみ〕……20
小野興二郎〔おの・こうじろう〕……196
小野茂樹〔おの・しげき〕……93
小野寺幸男〔おのでら・ゆきお〕……165
尾山篤二郎〔おやま・とくじろう〕……105
香川ヒサ〔かがわ・ひさ〕……159
影山一男〔かげやま・かずお〕……55
鹿児島寿蔵〔かごしま・じゅぞう〕……183
春日井建〔かすがい・けん〕……26・89・194

片山広子〔かたやま・ひろこ〕……138
勝野かおり〔かつの・かおり〕……35
加藤克巳〔かとう・かつみ〕……212
加藤聡明〔かとう・そうめい〕……90
加藤英彦〔かとう・ひでひこ〕……106
加藤ミユキ〔かとう・みゆき〕……217
金井秋彦〔かない・あきひこ〕……115
金川　宏〔かながわ・ひろし〕……142
金子薫園〔かねこ・くんえん〕……34
河路由佳〔かわじ・ゆか〕……156
川野里子〔かわの・さとこ〕……90
河野裕子〔かわの・ゆうこ〕……25・219
川本千栄〔かわもと・ちえ〕……214
菅野朝子〔かんの・あさこ〕……63
菊池　裕〔きくち・ゆたか〕……45
岸上大作〔きしがみ・だいさく〕……207
来嶋靖生〔きじま・やすお〕……176
喜多昭夫〔きた・あきお〕……56
北川草子〔きたがわ・そうこ〕……111
北原白秋〔きたはら・はくしゅう〕……220
木下利玄〔きのした・りげん〕……154
紀野　恵〔きの・めぐみ〕……37

木俣　叡〔きまた・えい〕……148
木俣　修〔きまた・おさむ〕……180
久我田鶴子〔くが・たずこ〕……198
久々湊盈子〔くくみなと・えいこ〕……15
日下　淳〔くさか・じゅん〕……201
葛原妙子〔くずはら・たえこ〕……193
久葉　堯〔くば・たかし〕……103
窪田空穂〔くぼた・うつぼ〕……133
久山倫代〔くやま・みちよ〕……91
栗木京子〔くりき・きょうこ〕……14・43・82・122
黒岩剛仁〔くろいわ・たけよし〕……144
黒木三千代〔くろき・みちよ〕……87
黒崎あかね〔くろさき・あかね〕……137
桑原正紀〔くわはら・まさき〕……8
小嵐九八郎〔こあらし・くはちろう〕……199
小池純代〔こいけ・すみよ〕……152
小池　光〔こいけ・ひかる〕……125
古泉千樫〔こいずみ・ちかし〕……68・213
上妻朱美〔こうずま・あけみ〕……57
河野愛子〔こうの・あいこ〕……8
河野小百合〔こうの・さゆり〕……160

河野麻沙希〔こうの・まさき〕……111
小暮政次〔こぐれ・まさじ〕……175
小島なお〔こじま・なお〕……127
小島ゆかり〔こじま・ゆかり〕……17・50・88・127
小高　賢〔こだか・けん〕……47
五島美代子〔ごとう・みよこ〕……189
後藤由紀恵〔ごとう・ゆきえ〕……15
小中英之〔こなか・ひでゆき〕……190
小林久美子〔こばやし・くみこ〕……128
小林信也〔こばやし・しんや〕……39
古明地実〔こめいじ・みのる〕……212
小守有里〔こもり・ゆり〕……196
近田順子〔こんだ・じゅんこ〕……62
近藤とし子〔こんどう・としこ〕……164
近藤芳美〔こんどう・よしみ〕……13・83
今野寿美〔こんの・すみ〕……135
紺野万里〔こんの・まり〕……213
さいかち真〔さいかち・しん〕……18
三枝昻之〔さいぐさ・たかゆき〕……81
斉藤斎藤〔さいとう・さいとう〕……7
さいとうなおこ〔さいとう・なおこ〕……181
齋藤　史〔さいとう・ふみ〕……197
斎藤茂吉〔さいとう・もきち〕……16・133
佐伯裕子〔さえき・ゆうこ〕……100
坂井修一〔さかい・しゅういち〕……124
嵯峨直樹〔さが・なおき〕……187
坂野信彦〔さかの・のぶひこ〕……142
阪森郁代〔さかもり・いくよ〕……119
相良　宏〔さがら・ひろし〕……171
桜井健司〔さくらい・けんじ〕……71
桜井登世子〔さくらい・とよこ〕……74
笹井宏之〔ささい・ひろゆき〕……64
笹岡理絵〔ささおか・りえ〕……31
笹　公人〔ささ・きみひと〕……52
佐佐木幸綱〔ささき・ゆきつな〕……7
笹原玉子〔ささはら・たまこ〕……52
佐竹彌生〔さたけ・やよい〕……170
佐藤彰子〔さとう・あきこ〕……65
佐藤佐太郎〔さとう・さたろう〕……210
佐藤孝子〔さとう・たかこ〕……35
佐藤真由美〔さとう・まゆみ〕……18
佐藤通雅〔さとう・みちまさ〕……143
佐藤弓生〔さとう・ゆみお〕……200
佐藤理江〔さとう・りえ〕……30
佐藤りえ〔さとう・りえ〕……107
澤村斉美〔さわむら・まさみ〕……211
篠　弘〔しの・ひろし〕……206
柴善之助〔しば・ぜんのすけ〕……48
渋谷祐子〔しぶや・ゆうこ〕……108
柴生田稔〔しぼうた・みのる〕……191
島木赤彦〔しまき・あかひこ〕……123
島田修三〔しまだ・しゅうぞう〕……179
島田幸典〔しまだ・ゆきのり〕……97
清水房雄〔しみず・ふさお〕……192
釈　迢空〔しゃく・ちょうくう〕……218
杉森多佳子〔すぎもり・たかこ〕……12
鈴木英子〔すずき・ひでこ〕……93
関口ひろみ〔せきぐち・ひろみ〕……72
妹尾咲子〔せのお・さきこ〕……53
仙波龍英〔せんば・りゅうえい〕……214
宗　不旱〔そう・ふかん〕……69
田井安曇〔たい・あずみ〕……22
高島　裕〔たかしま・ゆたか〕……194
高田浪吉〔たかだ・なみきち〕……151
高野公彦〔たかの・きみひこ〕……208

高安国世〔たかやす・くによ〕……178
高柳蕗子〔たかやなぎ・ふきこ〕……215
竹内文子〔たけうち・ふみこ〕……67
武下奈々子〔たけした・ななこ〕……180
竹山　広〔たけやま・ひろし〕……137
橘　曙覧〔たちばなのあけみ〕……30
辰巳泰子〔たつみ・やすこ〕……165
田中　槐〔たなか・えんじゅ〕……28
田中浩一〔たなか・こういち〕……107
田中拓也〔たなか・たくや〕……130
田中雅子〔たなか・まさこ〕……61
棚木恒寿〔たなき・こうじゅ〕……121
谷岡亜紀〔たにおか・あき〕……110
玉井清弘〔たまい・きよひろ〕……47
玉城　徹〔たまき・とおる〕……207
田谷　鋭〔たや・えい〕……145
俵　万智〔たわら・まち〕……11・92
千葉　聡〔ちば・さとし〕……32
築地正子〔ついじ・まさこ〕……10
塚本邦雄〔つかもと・くにお〕……13・44・101
土屋文明〔つちや・ぶんめい〕……9・27
都築直子〔つづき・なおこ〕……188
恒成美代子〔つねなり・みよこ〕……143
坪内稔典〔つぼうち・としのり〕……120
寺山修司〔てらやま・しゅうじ〕……84・106・183
土岐善麿〔とき・ぜんまろ〕……140
時田則雄〔ときた・のりお〕……173
富小路禎子〔とみのこうじ・よしこ〕……159
内藤　明〔ないとう・あきら〕……208
内藤鋠策〔ないとう・しんさく〕……82
永井陽子〔ながい・ようこ〕……49
中川佐和子〔なかがわ・さわこ〕……67
中澤　系〔なかざわ・けい〕……201
長沢美津〔ながさわ・みつ〕……11
中城ふみ子〔なかじょう・ふみこ〕……181
永田和宏〔ながた・かずひろ〕……192
永田　紅〔ながた・こう〕……34
長塚　節〔ながつか・たかし〕……124
中津昌子〔なかつ・まさこ〕……61
中野昭子〔なかの・あきこ〕……139
中野菊夫〔なかの・きくお〕……174
中原千絵子〔なかはら・ちえこ〕……53
中村憲吉〔なかむら・けんきち〕……19
中山　明〔なかやま・あきら〕……99
なみの亜子〔なみの・あこ〕……169
成瀬　有〔なるせ・ゆう〕……209
西王　燦〔にしおう・さん〕……177
錦見映理子〔にしきみ・えりこ〕……169
西村陽吉〔にしむら・ようきち〕……136
野樹かずみ〔のぎ・かずみ〕……27
畑　彩子〔はた・さいこ〕……109
花山周子〔はなやま・しゅうこ〕……21
花山多佳子〔はなやま・たかこ〕……48
馬場あき子〔ばば・あきこ〕……43
浜田　到〔はまだ・いたる〕……75
浜田康敬〔はまだ・やすゆき〕……54
浜名理香〔はまな・りか〕……103
早川幾忠〔はやかわ・いくただ〕……158
早川志織〔はやかわ・しおり〕……38
林あまり〔はやし・あまり〕……140
林　和清〔はやし・かずきよ〕……44
原阿佐緒〔はら・あさお〕……69
春畑　茜〔はるはた・あかね〕……101
日置俊次〔ひおき・しゅんじ〕……102
東　直子〔ひがし・なおこ〕……126
東めぐみ〔ひがし・めぐみ〕……71

山下 泉［やました・いずみ］……153
山田富士郎［やまだ・ふじろう］……32
山中智恵子［やまなか・ちえこ］……218
結城哀草果［ゆうき・あいそうか］……75
横山未来子［よこやま・みきこ］……25
与謝野晶子［よさの・あきこ］……189
吉川宏志［よしかわ・ひろし］……152・190
吉田 漱［よしだ・すすぐ］……116
吉田正俊［よしだ・まさとし］……184
吉野亜矢［よしの・あや］……65
吉野秀雄［よしの・ひでお］……178
吉野裕之［よしの・ひろゆき］……211
吉野昌夫［よしの・まさお］……195
吉村実紀恵［よしむら・みきえ］……120
米川千嘉子［よねかわ・ちかこ］……14・54・85・126
玲はる名［れい・はるな］……134
若山牧水［わかやま・ぼくすい］……215
和嶋勝利［わじま・かつとし］……89
和田大象［わだ・たいぞう］……146
渡辺順三［わたなべ・じゅんぞう］……157
渡辺松男［わたなべ・まつお］……92
渡 英子［わたり・ひでこ］……162

あとがき

父とわれ食券それぞれ握ってたビーフカレーのとろけるビーフ

或る夜のことである。父親に連れられて大名古屋ビルヂングに行った。名古屋駅前のビルである。それは昭和四十年代のことで、私は小学生だった。色とりどりの灯りがあった。屋外で人が目まぐるしく動いていた。今から思うと、ビヤガーデンだったのだ。

父は、菓子問屋を営んでいた。いろいろもらうことがあったのだろう。そのときは、カレーライスのチケットが手に入ったというので、私を連れていったのである。父とふたりの夜の外食。なにかときめいた。うっとりするような美味いビーフカレーだった。

些細な、それでいて五十年近くたっても覚えている日々の一こまである。

短歌は、そんな記憶の片隅にあることをそっと照らし出す。

家族の歌は、万葉集に遡ることができる。が、家族が盛んに歌われるようになったのは近代以降である。まだ日が浅いのだ。それは、短歌が「自我の詩」となったことと関係がある。私を歌う。そのとき家族は最も近い存在なのである。歌人は家族を歌うことで生の深みに辿り着いた。時代を映しながら実に豊かに家族は歌われてきた。様々なドラマがあった。明治、大正、昭和、平成と家族は揺れ動いてきた。明日の家族はどうなるだろう。

家族の一年を追体験していただければ幸いである。

二〇一五年四月

加藤治郎

著者略歴

加藤治郎（かとう・じろう）

1959年　名古屋市に生まれる。

1983年　未来短歌会に入会、岡井隆に師事する。

1986年　「スモール・トーク」にて、第29回短歌研究新人賞。

1988年　『サニー・サイド・アップ』にて、第32回現代歌人協会賞。

1999年　『昏睡のパラダイス』にて、第4回寺山修司短歌賞。

2013年　『しんきろう』にて、第3回中日短歌大賞。

歌書に『ＴＫＯ』『短歌レトリック入門』『短歌のドア』など。

エッセイ集に『うたびとの日々』。

未来短歌会選者。毎日新聞毎日歌壇選者。朝日新聞東海歌壇選者。

現住所　〒457-0066　名古屋市南区鳴尾1-53

発　行　二〇一五年八月一日　初版発行

著　者　加藤治郎 © KATO Jiro

発行人　山岡喜美子

発行所　ふらんす堂

〒182－0002　東京都調布市仙川町一―一五―三八―二F

TEL　（〇三）三三二六―九〇六一　FAX　（〇三）三三二六―六九一九

家族のうた　365日短歌入門シリーズ

URL : http://furansudo.com/　E-mail : info@furansudo.com

振　替　〇〇一七〇―一―一八四一七三

装　丁　和　兎

印刷所　日本ハイコム株式会社

製本所　日本ハイコム株式会社

定　価　本体一八〇〇円＋税

ISBN978-4-7814-0765-4 C0095 ¥1800E